ポンコツ!?
メイド
クルシュ
ツンデレ
探索士
ラーレ
登場人物紹介

龍の化身
エーファ
脳筋
聖騎士
アルバン
転生した
やりこみゲーマー
ソーマ

# やりこみ好きによる
# 領地経営

## ～俺だけ見える『開拓度』を
## 上げて最強領地に～

空野進

ぶんか社

C O N T E N T S

# 第1章　やりこみ好きが転生しました

平凡な会社員である俺、相馬《そうま》卓也《たくや》はパソコンモニターの前に座り、ゲームパッドを握りしめて笑《え》みを浮かべていた。

『今まで見たことのない最高の自由度を！』


そんな謳《うた》い文句のオープンワールド型のロールプレイングゲーム。

国の王になって国政《こくせい》を行うのもよし。兵士になって外敵《がいてき》と戦うのもよし。冒険者になって自由を謳歌《おうか》するのもよし。それこそ暗殺者になって要人《ようじん》の命を狙うのもよし。

と、何でもありの本ゲームが発売するのを、俺はずっと待ち望んでいた。

そして、発売日。

当然ながら休みを取ってとことんやりこむつもりだった。

出かけなくてすむように食料の調達《ちょうたつ》も済ませてあるし、寝落《ねお》ちしないようにコーヒーの準備もできている。あとは実際にプレイしていくだけ。

ダウンロード中……、の文字を見ているとどうにも落ち着かない。

早く始まらないか、と思わず足を動かしてしまう。

無意味にマウスを動かしたり、ソフトケースを見たりしてしまう。

最初の職業は何を選ぶか？　やっぱり無難《ぶなん》に冒険者か？　いや、どうせならもっと難易度の高いやり込み要素がある職の方がいいな。

説明書を眺《なが》めながら、数多《あまた》ある職業の中から一つに絞ろうとするが、中々《なかなか》決まらずにその間にダウンロードが終わってしまう。

「ここに載《の》っていない職業もあるみたいだからな。どれにするかはキャラを決めながら考えるか」

モニターには『キャラクターの名前を入力してください』と表示されていた。

そこで、表示される順番に入力していく。

【名前】　ソーマ
【年齢】　24

「あれっ、年齢も必要なのか？　もしかして、課金《かきん》もある……とか？」

課金があるなら、まずは無課金で徹底的にクリアした後に、今度は廃《はい》課金をして再度クリアなんてこともできそうだな。


『職業を選んでください』


そして。ついに職業選択の画面になる。

無数の職業の中から一つ選ぶだけ。

できるだけやりこみ要素の多い職業がいいな。おっ、これがいいか。

目に留《と》まったのは【辺境領主《へんきょうりょうしゅ》】だった。


【辺境領主】

誰も領民《りょうみん》が住んでいない、荒れた地の領主。いつ魔物が襲ってくるともわからない危険な地なので、自身の能力を鍛《きた》える必要もあり、領地の開拓《かいたく》も必要になる。


なるほど。全ての要素が必要な職業か。

かなり難易度は高そうだけど、その方が燃えるからな。よし、職業はこれに決めよう。

能力値とスキルは……辺境領主は全て1か。

本来なら戦闘職じゃないわけだし、この能力は仕方ないか。

スキルは……領民のやる気を上げる【鼓舞《こぶ》】と領民のステータスを上げる【激昂《げっこう》】か。

どちらも領民がいないと始めらないわけだ。そう考えるとまずは人を増やすところからだな。

ゲームの進め方を考えていると、更《さら》に画面に言葉が表示される。


『このボタンを押すとあなたはもう戻ってこられません。ボタンを押しますか？』

中々雰囲気があるな。やはり期待の新作だ。これも作品にのめり込むようにするための演出だろうな。

迷わずにボタンを押すと、その瞬間に意識が遠のいていった。

◇◇◇

目の前に広がるのは、見たこともない木々とろくに手入れされていない小さな畑と小屋。遠くの方を眺めると川が流れているのも見える。

俺がしていたのはVRゲームではないはずだが――。

軽く頬《ほお》をつねってみるとしっかり痛みを感じた。

どうやらここは夢ではないようだ。それなら一体どういうことだろうか？

周りをじっくり調べていく。

近くに誰かがいるような気配もない。

人里《ひとざと》離れた片田舎《かたいなか》……といったところだろうか？　とにかく今の自分の状況を確認するために色々と調べてみよう。

まずはあの小屋の中だな。

すぐ側にあるボロボロの木の小屋。

ちょっとした衝撃《しょうげき》でも壊れてきそうなところだけど、この場所について何かわかるかもしれない。

そんな期待を胸に小屋へ向かう。

ただ、その途中で手のひらサイズの水晶《すいしょう》が転がっていた。

「なんだ、これ？」

透き通った青色の水晶を手に取る。すると、順番に文字が浮かび上がってくる。

【名前】ソーマ
【年齢】24
【職業】辺境領主
【レベル】1（0/4）
『筋力』1（0/100）
『魔力』1（0/100）
『敏捷《びんしょう》』1（0/100）
『体力』1（0/100）
【スキル】『鼓舞』1（1/1,000）『激昂』1（1/1,000）
【領地称号】弱小領地
【領地レベル】1（0/4）［庭レベル］
『戦力』1（0/10）
『農業』1（0/10）
『商業』1（0/10）
『工業』1（0/10）

水晶には俺のステータス画面が表示されていた。その画面は先ほどパソコンで選択したものだ。

「やはりゲームの世界に転生してしまったのか？　どうして――」

理由を考えるが、特になにも思いつかなかった。

唯一可能性があるとしたら最後に出てきたメッセージ。

ゲームを盛り上げるためだと思っていた一文は、実はこの世界へ招いても良いかの最終確認だったのかも知れない。

「ははっ……、そんなことあるはずないだろう。もしかすると超リアルなゲーム、というだけかもしれない」

とにかくこれがゲームのままの設定ならまずすべきことがある。

今いる庭みたいな場所。これが俺の領地で、周りは危険に囲まれている……ということだ。

なるべく早く領地を開拓して、危険を減らさないといけない。

俺は早速小屋の中に入っていった。

◇◇◇

小屋の中には古びた農具や武器が転がっていた。まともに使えるかどうかは別にして――。

ここに住むにはまず片付けが必要だ。

今は埃《ほこり》っぽすぎるのと、物が置かれすぎて足の踏《ふ》み場すらまともにない。

そして、水晶には小屋の情報が数字化して表示されていた。

【名前】　古びた小屋
【開拓度】　１（0/10）［戦力］
【必要素材】　Ｅ級木材（0/5）
【状況】　倒壊《とうかい》の危険あり

住み続けるには色々と問題がありそうだな。

ただ、補強するにしても俺に何か技術があるわけでもない。

ゲームみたいにボタンを一つ押せば強化される……というわけにはいかないからな。

「ははっ……、いきなり詰《つ》んでないか、これ？」

とんでもない超ハードモードだ……。

でも、ここで生活していくしかない以上、住みやすいように変えていくしかない。

それに、いくら開拓度の数字がわかったとしても、それを上昇させる手段がわからなければ上げようがない。……いや、もしかするとこの【必要素材】が数字を上昇させる方法に当たるのか？

試してみないことにはわからないな。それと、ここは倒壊の恐れがあるようなので迷っている場合でもない。とにかくここに書かれているＥ級木材というのを探していこう。

小屋から外に出ると次は畑の方へ向かう。

すごく荒れた地なのにそこには元気にキュウリが育っていた。１本だけ――。

【名前】　荒れた畑
【開拓度】　１（0/10）［農業］
【必要素材】　Ｅ級魔石《ませき》（0/3）
【状況】　キュウリ（1/1）

うん、見たままだな。こっちに必要な素材は魔石か……。畑にでも撒《ま》くんだろうか？　確かにゲーム的に考えたらそうなんだろうけど、リアルだから自分で耕《たがや》していく必要があるわけだ。

魔石って聞くとおそらく魔物を倒して手に入れるもの……ってイメージだな。

さすがに今すぐに倒すのは厳しい。今の俺は武器すら持っていないからな。でも、このままだと確実に飢《う》え死《じ》ぬ。俺の手持ちの食料はキュウリ１本だけ。しかも、これを取ってしまったら次は生えてこないやつじゃないのか？　それとも時間経過と共に新しく生えるやつなのか？

……よしっ。

俺は試しに生えているキュウリを採ってみる。

すると、状況の欄《らん》が『キュウリ（1/1）』から『キュウリ（0/1）』へと変化した。

やはり、この数字は今畑に生えているキュウリの本数を表していたようだ。あとはこれが回復するのか、ちょくちょく調べていくしかないな。全てが手探りなので中々前に進んでいるのかわからない。今はできることをするしかない。

一応このキュウリが食べられるか、直接かじって確かめてみる。

「…………、普通のキュウリだな。本当に普通のキュウリとしか言えない」

早めに味付けできる調味料《ちょうみりょう》がほしいところだ。ただ、この世界に来る前の表示画面を信じるならこの領地の回りは危険な場所で囲まれているはず。
運良く行商人が通るのを待つか、しっかりと武器を集め魔物を倒せるようになってからでないと買いに行くのは厳しいだろうな。そもそも購入するための金もない。やはり、まずはこの領地を開拓していくところから始めるしかないだろう。よし、とりあえずは小屋だな。

E級木材。

おそらくはそこまで貴重なものではないはずだ。むしろ簡単に拾えそうな、それこそ木の側に落ちているような枝とかじゃないのか？　試しに枝を拾って水晶を近づけてみる。

【名前】　木の枝
【品質】　E［木材］
【損傷度】　0/100
【必要素材】　D級魔石（0/5）
【鍛冶】　E級木材（0/10）→木の棒

品質がEと書かれている。これでいいのだろうか？
一応木の枝ならそこら中に落ちているので、それを拾って小屋へと持ち帰る。

「……あとはこれをどうしたらいいんだ？」

小屋の中へ木の枝を持ってきた。しかし、何か変化が起きるわけでもなかった。

枝じゃなくて本当に木を木材加工して運んでこないといけないのだろうか？　俺の力じゃどうやっても無理だぞ。そんなことを考えながら水晶を見てみると表示が微妙に変わっていた。

【名前】　古びた小屋
【開拓度】　1（0/10）［戦力］
【必要素材】　E級木材（5/5）
【状況】　倒壊の危険あり

『古びた小屋の開拓度を上げますか？』
↓はい
　いいえ

選択肢のようなものが水晶に表示されていた。

これはかなりゲーム的だな。もしかして『はい』を押すと勝手に小屋が綺麗になったり大きくなったりするのだろうか？　それとも時間経過で大きくなったりするのか？　とにかく今の俺には必要なことだよな。もちろん、迷うことなく俺は『はい』を選択していた。

すると、どこからともなく水晶から木の板と釘、それと小さめの金槌が飛び出してくる。

それと水晶には『残り0：30：00』という表示が浮かんでいた。

……ちょっと待て!!　これって30分の間にこの小屋を俺の力で強化しろってことなのか!?　と、考えてる時間はない。とりあえずこの小屋に板を打ち付けたらいいんだな。

あまり体を動かすことに慣れていない俺だけど、必死に板を小屋に打ち付けていく。

そして、時間ギリギリで何とか全ての板を打ち付けることに成功した。

「はぁ……、はぁ……、やったのか？」

大急ぎで力の限り出てきた木の板を打ち付けた。

あまり、小屋として変わったようには見えないが、やり方はこれで間違っていないはず――。

出てきた道具は時間経過と共に消えてしまった。

【名前】　古びた小屋
【開拓度】　1（1/10）［戦力］
【必要素材】　E級木材（0/10）
【状況】　隙間《すきま》風が吹く

どうやら倒壊の危険だけは回避されたようだ。開拓度もカッコ内の数字が一つ上がっている。でも、これで発展させられるとわかったわけだから、とことん素材を集めまくればいいわけだ。

――そういえば素材の画面に鍛冶《かじ》についても触れてあったな。もしかして同じ作り方で鍛冶ができるのだろうか？　必要になるのがE級木材。

つまり、その辺から木の枝を拾ってきたら作れるはずだ。最初見た画面からここは魔物たちが生息する、周りを危険に覆われた地……だったはず。いつ襲われるかわからない以上、武器もある程度作っておく必要がある。ある程度領地が整ってくれば必要ないのだが、俺が1人の間はそんなことを言っている場合でもない。

「とにかく、今は木の枝を集めるところから始めるか。どうせ余《あま》っても問題ないわけだから多めに拾ってこよう」

俺は新しくなった小屋から離れると木の側で枝が落ちていないかを探しだした。

数時間後、俺の手には抱えきれるだけの木の棒があった。10本は優に超えている。

小屋のときを考えるとおそらく『鍛冶をする』を選択すると必要な道具だけが出てくるのだろう。

小屋のときみたいにわかりやすいものが出てくるとは限らない。

むしろ難易度が上がる度にその工程も増えていく……と見ている。これは実際にしてみないと結果はわからないが――。とにかく、そうなる可能性がある以上どこかに腰を据えてじっくりやる必要がある。かといって一度で成功する……なんて甘い考えも持っていない。この大量の木の枝はいざ失敗したときに、再度挑戦できるようにするためのものだ。二、三回くらいはできるだろうか？

早速《さっそく》木の枝の画面を開く。

【名前】　木の枝
【品質】　E　［木材］

【必要素材】　D級魔石（0/5）
【鍛冶】　E級木材（32/10）→木の棒

『鍛冶を行いますか？』
→はい
　いいえ

どうやら今、木の枝は32本……いや、今水晶に映している分も合わせて、33本あるようだ。そして、予想通り鍛冶の選択肢が現れていた。

ここは当然ながら『はい』を選択し、水晶からなにが現れるのかを注視《ちゅうし》する。

すると、ポンッと木の棒が飛び出してくる。

何の変哲《へんてつ》もない、特に整えられたわけでもない、1メートルほどの長さの棒。そして、水晶にはそれ以上、なにも表示がされていない。

……えっと、鍛冶だと勝手に完成品が出てくるのか？　いや、それは早計《そうけい》だな。今回がなにもすることがなかったから完成品が出てきたのかも知れない。ここも要チェックだな。

とにかく出てきた木の棒を手に取ってみる。特に手に馴染《なじ》む……とかそういった感じはない。

元々【辺境領主】である俺に武器の特性がないのだから仕方ないだろう。

軽く振って武器として使えるか試してみる。

ブンッ、ブンッ……。


うん、わからん。

そもそも特別なにかを習っていたわけでもない俺にわかるはずもない。

でも、とりあえず魔物に襲われたときにはこれでひたすら叩《たた》きまくろう。

とにかく、出来上がった木の棒は一度水晶で調べておく。

【名前】　木の棒
【品質】　E　［武器］
【必要素材】　E級木材（22/20）
【鍛冶】　E級石材（0/10）→石の槍
【能力】　筋力+1

しっかり能力としての補正が付いているようだ。

ただ、この木の棒を成長させることができるみたいだが、石を集めたら槍《やり》が作れるようだ。

さて、どっちを選ぶべきか……。いや、どっちかを選ぶ必要なんてないな。素材は拾ってこればいいだけだ。なら、両方とも作ってしまおう。まずはこの木の棒だな。

俺は更に必要素材を使って、木の棒の品質を上げる。

……。

新しく出来上がった木の棒は少しだけ硬化《こうか》してくれた気がする。

能力の上昇値も1から2に上がったし、この調子でどんどん上げていけたら……と思ったのだが、残念ながらそう簡単にはいかないようだ。

次に必要になるのはD級木材。

残念ながら落ちている木の枝だとどうすることもできない。おそらく。この辺りからは木を伐採《ばっさい》していく必要があるのだろうな。もちろん、そんな道具もないので、これは保留《ほりゅう》だ。

とりあえず今は集められる素材を回収していくだけだな。再び俺は素材となるものを集めに行く。

領地側の森林で簡単に木の枝が見つかるので楽でいいな。

ついでにその辺《へん》の石も拾っておいた。これで小屋の開拓度を上げるのと石の槍を作ることもできるだろう。

さて、それじゃあそろそろ戻るかな。

小屋に戻ろうとしたそのタイミングで木陰《こかげ》から青いゼリー状の物体が現れる。

それを見た瞬間に俺はサッと見つからないように木の後ろに隠れていた。

「あれは……スライムか？」

水晶にはさすがに魔物の情報までは表示されなかった。ただ、その特徴的な姿からおおよその想像は付く。しかし、それが逆に問題でもあった。

「スライムといえば最弱の魔物としても有名だが、強力な魔物としても有名だ。こいつは一体どっちだ？」

最弱の魔物ならおそらく俺でも相手にできる。でも、強い場合は俺の命を代価《だいか》として支払わないといけない。絶対間違うわけにはいかない。

額《ひたい》から汗がにじみ出てくる。木の棒を持つ手に力が入る。スライムの力を測るためにその様子を窺《うかが》う。すると、スライムが周りを見渡して、そして……。

「Ｚｚｚ……」

……えっ、寝ちゃったぞ？　俺がいるのに？　いや、気づいていないのか？　……さすがにこの隙を見逃す手はないよな？　再度、グッと木の棒を強く握りしめると覚悟を決めてスライムに向かって駆け出す。

そして、木の棒をスライムへ向けて、力の限り振り下ろす。

すると、スライムは軽々と飛んでいった。そこで俺は確信する。

このスライムは弱いスライム！　それなら手を緩《ゆる》める理由はない。

何があったのか理解したスライムが俺に向かって飛びかかってくる。

それにタイミングを合わせて俺も木の棒を振り下ろす。

スカッ。

思いっきり外してしまう。そして、スライムは俺の腹に体当たりをしてくる。

ぷにっ。

全く痛くない……。

そこからは完全な泥仕合《どろじあい》だった。俺が何度も攻撃を外しながらスライムが倒れるまでひたすら叩き続ける。スライムも何度も俺に向かって体当たりしてくるが、痛みは感じない。むしろ柔らかい体が心地良いくらいだ。

そして、数十分それを繰り返し、いい加減息が切れたころにようやくスライムを倒すことができた。すると、スライムが石のようなものを吐き出していた。

【名前】 魔石
【品質】 E ［魔石］
【損傷度】 0/100

やっぱり魔物を倒したら魔石を落とすようだ。

ただ、最弱と思われるスライム相手で数十分か……。

俺が戦うのは効率が悪いな。本格的に集めるなら人を雇《やと》うことも考えないといけない。

まぁ、これも本格的に領地が大きくなると簡単に解決するだろう。今はとにかく領地を育てていくことだな。特に魔石がとれるとわかった以上、畑を育てることは急務だ。

……魔石三つか。後2体スライムを見つけて倒す必要があるわけだ。

よし、もう一踏《ひとふ》ん張《ば》り頑張るか。

◇◇◇

「はぁ……、はぁ……。これでようやく三つだ……」

息を荒くしながら手に入れた三つ目の魔石をしっかり握りしめていた。

これで畑の開拓度を上げることができるはず……。

早速畑の方へと向かう。

……まだキュウリは新しくできてないようだな。

畑の表示欄にある『キュウリ（0/1）』の文字を見て少し残念に思う。

やっぱり完全回復するには1日ほどかかるのか……。

いや、もう回復しないことも考慮しておく必要があるだろう。でも、開拓度を上げたら大元の1の数値が上がってくれるはず。早速、上げていくことにする。

【名前】　荒れた畑
【開拓度】　1（0/10）［農業］
【必要素材】　E級魔石（3/3）
【状況】　キュウリ（0/1）

『荒れた畑の開拓度を上げますか？』
↓はい
いいえ

ここは当然一択《いったく》だ。『はい』を押すと、古びた小屋のときとは違い、更に選択画面が出てくる。

『量を増やしますか？　種類を増やしますか？』
↓量
種類

そこも選択なのか。ただ、種類の方はその内容までは表示されないのか。

結構ギャンブル性は高いな。ただ、キュウリが何本も増えてもそこまで腹は満たされない。

それならば別の野菜を増やす方がいいかもしれない。

少し迷ったあげくに俺は種類を選んでいた。すると水晶から種とじょうろが飛び出してくる。

……えっと、植えて世話するところからなのか？　いや、まぁ、それが普通なんだけど、それだといつできるか全くわからないんだけど……。

既に残り時間が表示されてる。

「って、残り5分しかないい!?　や、やばい、早く植えないと……」

俺は慌てて畑に種を植えていく。

数が少ないのであっさり植え終わったが、油断をしているとすぐに時間を超えてしまう。

やっぱり開拓度を上げたり鍛冶をするときには油断したらダメだな。

しかし、無事に畑の開拓度もしっかり上げることができたようだ。

【名前】　荒れた畑
【開拓度】　1（1/10）［農業］
【必要素材】　E級魔石（0/3）
【状況】　キュウリ（0/1）トマト（0/1）

今植えた野菜はトマトのようだ。ただ、数字は（0/1）になっている。

やっぱりできるまで数日かかるのだろうか？　こればっかりは明日にならないとわからない。

とりあえず、そろそろ日も暮れてきたことだし休むか。

……腹減ったなぁ――。

畑以外にも食料調達の方法を考えないといけない。

森だと木の実ができているかもしれないし、川とかがあるなら魚が捕《と》れるかも知れない。

魔物もスライムなら倒せるようになったわけだし、領地周りを調べておくのも必要だろう。できれば近くに町があればいいんだけどな……。領地っていうくらいだから近くにはなさそうだけど――

――。

◇◇◇

翌朝、目が覚めるとまず畑を見に行く。

すると、俺の予測通りにキュウリが生えていた。やはり1日経つと数字は回復するようだ。ただ、トマトの方は依然としてゼロのままだった。

これは畑の開拓度を上げてから1日……と考えるのが良さそうだな。

そして、石の槍と木の棒改（勝手に俺が名付けた。実際はE級木材で品質を上げた木の棒）を持つと、一応領地……となっている部分をまず調べていくことにした。

これはどういうわけか感覚でわかるようになっていた。領地の外に出たら、ここから外は魔物が出てくる……とか。

だからこそ、そのギリギリのラインを見極めて、木の棒改で線を引いていく。

すると、直径30メートルくらいの円が出来上がった。

俺だけが住む……と考えると十分すぎるほどの広さだが、領民の力を上げることのできる領主として考えるならイマイチだ。

早く誰か領民となってくれる人を探したい。

そのためには領地の範囲を広げるしかないだろう。そうなってくると俺が次に上げるべき数字は【領地レベル】だろう。なにも映さずに水晶を見たときに現れる俺自身の能力。そこに表示されていた領地レベルというのがおそらくこの領地の広さを表しているのだろう。隣に［庭レベル］とも書かれていたし。も、そのためには四つの数値を上げないといけない。

【領地レベル】　１（0/4）［庭レベル］
『戦力』　１（1/10）
『農業』　１（1/10）
『商業』　１（0/10）
『工業』　１（3/10）

前見たときより数字が上がっているのは、小屋を直したり実際に鍛冶をしたりしているからだろう。ただ、まだまだ次の数字までは届かない。それに、商業……。こればっかりは人に会わない限り、どうやっても上げようがない。そのためにもこの領地周囲には何があるのか……。それをじっくり調べていく必要がある。

まずは小屋の出口を北と仮定して（日の出入りから判断）、西側は昨日俺がスライムを狩りに行ったところだ。スライムの森と名付けておこう。

奥の方までは進んでいないが、今はまだ行ったことのない場所を見ておきたい。

今日はまっすぐ北に進んでみることにする。

小屋のドアが向いている……ということは、本来人が行き来する道はそちら側……ということなので、もしかしたら人が通った痕跡《こんせき》のようなものが見つかるかもしれない。

「よし、早速行ってみよう！」

しばらくまっすぐ進んでいたが、確かに森のような障害物もなかったが、人が通った痕跡《こんせき》もなく、草木生い茂る原《はら》っぱがまっすぐ広がっていた。先の方まで見通せるのは良いことだけど、少なくとも目に見える範囲で、村や町のようなところは見えない。所々狼や獅子みたいな魔物が歩き回っているくらいだ。まだ距離があるから問題ないが、ここを通り抜けるのは至難の業だろう。そうなると次の場所だ。一旦《いったん》小屋に戻ると今度は東側を進んでいく。

するとしばらく歩いた先に綺麗《きれい》な小川を発見する。

川の底が見えるくらいに透明感があり、飲むには問題ないように思える。

……ゴクリッ。

昨日から飲み物を飲んでいなかった俺は思わず喉を鳴らしてしまう。

そして、川へ向かって駆け出すと、試しに一口飲んでみる。

「うまい!!」

冷えた水が渇《かわ》いた喉を潤してくれる。これから飲み水はここで確保できそうだ。更にこの川には魚が泳いでいるようだ。あれを捕ることができたら、空腹を満たすこともできるだろう。ただ釣り道具はなく、網といった類《たぐ》いのものもない。手にあるのは石の槍。

これを使って銛《もり》のように突く。それしか魚を捕まえる方法はないだろう。イメージするは捕れた魚を高々と上げ、大声で叫んでいる自分の姿。俺ならできるはず。

じっくりと魚に狙いをつけて、思いっきり放り投げる。

すると、魚たちはそれをすり抜けていき、槍は川底に刺さっていた。

「くっ、やっぱり初挑戦でうまくはいかないか。それなら成功するまで何度も挑戦するだけだ!」

俺は再度気合いを入れると、石の槍を構えて魚に狙いをつける。

「はぁ……、はぁ……。そ、そう簡単に捕まえられるわけないか……」

幾度となく挑戦をしたが、結局そんな俺の努力を嘲笑《あざわら》うかのように、魚たちは槍のそばをすり抜けて、優雅に泳いでいた。

まぁ、そんなに簡単に魚が捕れるなら誰でも捕ってるよな……。

川の側で大の字になって寝転がっていると突然知らない男の声が聞こえてくる。

「こちらで何をされていたのですか？」

声のした方に振り向くと、朗《ほが》らかな笑みを浮かべた恰幅《かっぷく》のいい男性がいた。

その背中にはたくさんの荷物が積み込まれたリュックが背負われていた。

一体こんなところにいる誰とも知らない人に声をかけてくるなんてどういう理由だ？　特に戦えそうな男には見えないが、周りに魔物がいるような地に１人で――。

「おーい、ビーンの旦那《だんな》。そろそろ休憩は終わりにしないか？　こんなになにもない地にいても仕方ないだろう？」

遠くの方で大事な部分だけを鎧《よろい》で隠した、ゲーム画面でしか見たことがないようなビキニアーマーを着た女性が手を振っていた。

あっ、見えないところにいただけでしっかり護衛《ごえい》はいたのか。

明らかに戦闘職の女性だ。ああいった人に仲間になってもらえると領地開拓も一気に捗《はかど》るんだけどな……。

「あんたは一体……？」

「おっと、自己紹介がまだでしたね。私はビーン、王都でそれなりの商会を営《いとな》んでいるものになります」

商人か……。それならなおさら俺に声をかけてきた理由がわからないな。もし、俺が盗賊だったなら問答無用《もんどうむよう》に襲われていたところだぞ？　俺が訝《いぶか》しんだ視線を送っていることに気がついたのか、商人は笑みを崩さずに言ってくる。

「あなた様が考えていることはわかります。いきなり声を掛けてきたので警戒しているのでしょう」

「いや、俺が……というよりあんたが……だけどな」

「私が？　ははっ、さすがの私でも石の槍で魚を捕ろうとしてる愉快《ゆかい》な人を目の当たりにしたら、警戒心なんて吹き飛んでしまいましたよ」

ああ、さっきの姿を見られていたのか。それならまだわかるな。つまりいいカモだと思われたようだ。まぁ、俺としてもこの世界の情報がほしいところだ。

「それでこんなところで何をしていたんだ？　俺の領地くらいしかないはずだが？」

「えっと、領地……といいますと？」

あっ、やっぱり気づかれないくらいに小さいんだ、うちの領地……。まぁ、俺1人しかいないし、隠れ家……の方が正しそうだもんな。

「まぁ、それは気にしなくていい。それよりお前は一体何をしていたんだ？」

「私はただ、隣の町へ買い出しに行っていたのですよ。商品は見ての通りです」

商人が背中を見せてくる。どうやら町はちゃんとあるみたいだな。

「せっかくですから仕入れた商品を見ていきませんか？　いいものが揃っていますよ」

商人が背中のリュックをガサゴソと漁《あさ》り、１本の剣を取り出してくる。

「見てください、この剣を。かの有名なミスリルで仕上がった最高品です」

青みがかった白銀の刃を持つ剣。確かに見た目からしてかなり高級そうな武器だ。

まぁ、買うことはできないが、その性能は見ておいて損《そん》はないだろう。

水晶を取り出すとミスリルの剣の性能を確かめる。

【名前】　ミスリルの剣
【品質】　B［武器］
【損傷度】　99/100
【必要素材】　A級魔石（0/100）
【能力】　筋力+15

確かにかなりの性能を持っているようだ。でも、気になるのは損傷度。

これって、かなり壊れかけているんだよな？　そんなものを普通の武器として売るのか？　やっぱり信用ならない相手のようだ。

「まさか、これを普通の値段で売るつもりか？」

「いえいえ、お近づきの証に通常の半額、なんと金貨10枚でお譲《ゆず》りしたいと思います」

「ほう、それほどのものを半額……か」

「どうされますか？」

「……舐《な》められたものだな、俺も。その程度の武器を売ってくるなんてな」

「ど、どういうことでしょうか？」

「その剣、もうすぐ壊れるものじゃないか。そんなものを買わせようなんて馬鹿にされているとしか思えんぞ！」

「そ、そんなことは……。お、おい、この剣を振ってみろ」

護衛の女性に剣を渡す商人。

「なんだい、この剣を振ってみたらいいのかい？」

しっかり剣を握りしめると、力の限り振るう。

少し距離があるのに剣を振ったときに出た風が俺の下まで届いていた。

それと同時にミスリルの剣が粉々《こなごな》に砕《くだ》け散っていた。

「なっ⁉」

驚きの声を上げる護衛の女性。商人も目を大きく見開いていた。

「ほ、本当に壊れかけていたのですね……。でも、どうしてそれを？」

どうやら商人は本当になにも知らなかったようだ。

そうなるとたまたまか？　いや、格安で仕入れたのかも知れない。

「よ、良かったら他の商品も見てもらってもいいですか？　報酬《ほうしゅう》はしっかり支払いますので――」

商人が手をこねくり回して、前以上に笑みを浮かべていた。

なるほど、確かに損傷度は武器を使う者にとっては貴重な情報だ。商人にとっては喉から手が出るほどほしいのだろう。それなら俺もほしいものを要求しても良さそうだ。今、俺の領地に必要なものは……うん、明らかに人材だな。人がいないと俺の力を全く活かせないわけだからな。

「それなら一つ頼まれてくれるか？」

「はい、なんでしょう？　どのくらいで壊れるかの情報が手に入るのなら、私ができることはやらせていただきます」

「あぁ、今俺の領地は人手が全く足りていないんだ。だから、誰でもいいから俺の領地に来たいやつがいないか募集をかけてくれないか？」

「そのくらいでしたら構いませんが、そんなことでよろしいのでしょうか？」

まぁ、募集だけなら簡単なことだもんな。ならばもう一つ頼んでおこう。

「あとは俺の領地には商店もない。まぁ、今は庭ほどの大きさしかないからな。だからこそたまに行商《ぎょうしょう》に来てくれないか？　それに今回持ってきたもの以外にも俺に見てほしいものとかあるんだろう？　あんたのところなら格安で引き受けるぞ」

どうせなにか労力を使っているわけではない。それが金に変わるのなら俺にとってメリットしかない。しかし、それは商人にとっても同じようだ。

「かしこまりました。これからもぜひよろしくお願いします」

◇◇◇

商人と出会ってから、商業の数値が一気に上がっていた。

『商業』　１（9/10）

もうすぐレベルが上がりそうだ。ただ、そこまで上がるようなことはしただろうか？　俺は商人と交渉をして、使えないものを買わなかったり、この領地に人を呼べる体制を交換条件で整えただけだ。おそらくその辺りの交渉が数字の上がった理由なのだろうが、細かい理由までは調べられなかった。

まぁ、これは実際に商人が来てくれたら、なんとでもなるか。それに人を呼んでもらうのだからその間に領地を広くしておきたい。商業は商人が再び来てくれないと上げられないことを考えると、今はその他を上げていこう。特に『戦力』と『農業』だな。

はぁ……、またスライム叩きをしないといけないんだな……。

大きくため息を吐《つ》いた後、覚悟を決めて魔石と木材を拾いに行く。そして、１日中頑張って倒し続けた結果、相当な量が集まっていた。

【名前】　古びた小屋
【開拓度】　１（1/10）［戦力］
【必要素材】　Ｅ級木材（21/10）
【状況】　隙間風が吹く

【名前】　荒れた畑

【開拓度】　１（1/10）［農業］
【必要素材】　Ｅ級魔石（7/3）
【状況】　キュウリ（0/1）トマト（0/1）

どちらも今すぐにでも開拓度を上げることができる。ただ、必死に働き回ってさすがに疲れたので、今日は畑の方だけ開拓度を上げることにする。さすがに小屋の方はまた道具が出てきて、自分で小屋を強化することになると予測できるから――。

『荒れた畑の開拓度を上げますか？』
↓はい
　いいえ

いつもの選択画面で『はい』を押すと更に畑のときに出てくる選択画面が現れる。

『量を増やしますか？　種類を増やしますか？』
↓量
　種類

前が種類だったので、今回は量を選択してみることにする。

すると、以前と同じように種が飛び出してくる。時間も前と変わらない。

ただ、植えられる種の数は全然違った。

「3個……か。もしかして……な」

しっかり種をまき終えた後、畑を確認する。

【名前】　荒れた畑
【開拓度】　1（2/10）［農業］
【必要素材】　E級魔石（4/3）
【状況】　キュウリ（0/4）トマト（0/1）

やはり、一気に数が増えた。これは量の方を優先させた方が良かったかも知れない。

ぐぅ……。

やっぱり1日キュウリ1本じゃどうやっても足りないもんな。明日からトマトが増える……といっても、根本的に数が足りないとどうすることもできないもんな。これから先人が増えていくことも考慮するとなおさらだ。

「まぁ……とりあえず今日は寝よう。余計な動きをすると腹がもっと減るだけだ」

明日になれば更に野菜ができるはず。あとは、商人が新しい領民を探してくれるはず。その人が頼れる人だったらいいな。……いや、この領地に関してはほぼ開拓度の通りになっている。いきなり最高の力を持った勇者や賢者《けんじゃ》なんて人物が現れるはずもない。もし、すごい力を持つ者がやってきたなら、それは誰かの刺客《しかく》――この場合だとあの商人からなにかを頼まれたやつだろう。俺がどうやって損傷度を調べているのか……。あの商人が知りたいのはその情報。つまり、領地に来た人物がすごい人間なら俺の水晶を奪ってくる可能性があるわけだ。……でも、これは他人が扱えるものなんだろうか？　そこも調べたいところだな。

とにかく今日はゆっくり休んでおこう。

◇◇◇

翌日になると野菜の数字はしっかり回復していた。

トマト１個とキュウリ１本。

やはり増やした分は回復するのにちょうど1日かかるようだ。昨日増えたキュウリ3本は明日にしか採れないようだ。そこは仕方ないだろう。

採れた野菜は早速俺の腹の中に収まる。

そして、腹を満たし終えた後、小屋の開拓度を上げていくことにする。

すると、俺の予想通りに木の板と釘、そして金槌が出てくる。それを小屋の隙間になっている場所に打ち付ける。慣れない手つきで時間ギリギリまでかかってようやく直すことができた。

【名前】　古びた小屋
【開拓度】　1　(2/10)　[戦力]

【必要素材】　E級木材（11/15）
【能力】『盗難防止』１（0/1000）小屋に入れたものは盗むことができなくなる。
［小屋の鍵を閉めたとき限定］
【状況】　ボロボロだけど住めなくもない

おっ、能力がついたぞ。しかもこれは……。

能力が発動するのが限定的なのと、この小屋の鍵は中からしかかけられないことを除けばかなり優良な能力だ。特に俺の場合は水晶の保管が死活問題になるわけだからな。

それに戦力の数値が上がっていくごとに必要素材も増えていってるが、ずっとE級木材ばかりだな。もしかすると開拓度１の間はずっとE級木材なのか？　小屋にスキルがつくとわかった以上、まずはこっちを優先して上げていくべきだな。

# 第2章　新たな領民

それから俺は徹底して、上げられる数字を上げていった。

幸いなことにここまでは開拓度を上げるのに苦戦することはなく、小屋だと板を打ち付けるだけ、畑だと種をまくだけだった。

そして上げ続けた結果、ついに小屋の開拓度が2へと上がっていた。

【名前】　古びた家
【開拓度】　2（0/15）［戦力］
【必要素材】　D級木材（0/5）
【能力】『盗難防止』1（0/1000）家に入れられたものは盗むことができなくなる。
［家の鍵を閉めたとき限定］『水回り』1（0/1000）風呂、便所、水道が使用できるようになる。
【状況】　ボロボロだけど住めなくもない

ついにボロボロの物置小屋だった俺の家は、ちゃんと家、と呼べるものへと生まれ変わっていた。

しかも水回り完備。

……まぁ、これは実は元々付いてたやつなんだけどな。

開拓度を上げるときに使えるように修理させられたけど、そのおかげでずいぶんと快適さが上がっていた。

ここへ来るまでにずいぶんと時間がかかってしまったな……。まぁ、畑はまだ開拓度が1のままだったけど。

【名前】　荒れた畑
【開拓度】　1（7/10）［農業］
【必要素材】　E級魔石（0/3）
【状況】　キュウリ（0/7）トマト（0/7）キャベツ（0/4）

毎日採れる野菜はかなりの量になり、もう食べ物に困ることはなさそうだった。飽きることはあるが……。

そして、武器も多くの石の槍と木の棒が出来上がっていた。

どうしても消耗品であるので、多く作っていてもすぐに壊れてしまう。いくらあっても困らないものだった。

そんな、数値を上げる日々を繰り返して10日ほど経つと、あの商人がやってくる。

「遅くなってしまい申し訳ありません。お約束通り人を募集して、ここの領民になってくれるという方を連れてまいりました」

商人の後ろから小柄《こがら》な少女が出てくる。

一瞬子供かと思ったが、さすがにこんなところに子供は来ないだろう、考えを改《あらた》める。

少し薄い金色の髪が肩にかかるくらいまで伸び、顔立ちも整っていて着ているワンピースもとても彼女に似合っていた。

思わず彼女に見惚れてしまうが、すぐに我《われ》に返る。

確かに美少女だが、そんな人物が1人で、しかも男の俺しかいない領地に来るだろうか？　……どう考えても罠《わな》だよな。

ただ、まずは俺から情報を聞き出すところから始めようとしてるのか？　可愛い子に聞かれたら答えてしまうもんな。俺は苦笑《くしょう》を浮かべながら女性に頭を下げる。

「俺はソーマ。この領地の領主をしている。まぁ、領地というより庭ほどの広さしかないけどな」

「は、はじめまして。わ、私はクルシュといいます……。この度はビーンさんの求人広告を見せていただいて、それで……」

「あぁ、助かるよ」

そういえば領地のことは水晶で調べられる。もしかすると領民のことも調べられるのか？　商人であるビーンは直接調べることができなかった。しかし、俺自身の能力は見ることができる。もしかするとこの領地の者……と認識されると見ることができるのかも——。水晶を取り出して、クルシュを調べてみる。

【名前】クルシュ
【年齢】18
【職業】メイド

【レベル】　1（0/4）［ランクE］
『筋力』　1（17/100）
『魔力』　1（78/100）
『敏捷』　1（34/100）
『体力』　1（21/100）
【スキル】『採取』4（61/2500）『釣り』2（37/1500）『聖魔法』1（78/1000）

意外と普通の能力だ。……いや、普通じゃない、普通じゃない。

俺が全ての能力が1だったので、それを基準に考えてしまったが、よく考えるとずっとこの世界にいるのに能力値が全て1はかなり低いな。レベルの横にランクEとも書かれているし……。やはり今の領地相応《そうおう》の人が来てくれるようだな。少し気になる点はメイドをしていたはずなのに『給仕《きゅうじ》』系のスキルが全くない。メイドとしての仕事はあまりできないのかもしれない。

「一つ聞いていいか？」

「はい、何でしょうか？」

「どうして、この領地の募集を受けたんだ？」

これだけは聞いておかないといけない。すると、クルシュは少し不安そうな表情をする。

「そ、その、私は以前メイドとして雇ってもらっていたのですが、鈍《どん》くさくて仕事をミスしてしまい、そのままクビに……。そのあとも色々と職を転々としていたのですが、やはりミスをしてすぐに辞《や》めることになりまして……。そして、お金も尽きて路頭《ろとう》に迷っていたときに人を募集していたのを見まして、このまま飢え死んでしまうなら……と思い切って受けてみました」

なるほど……。理由は特に嘘がなさそうだ。ステータスの表記との齟齬《そご》はない。

「理由はわかった。ただ、ここも俺しかいないような弱小領地だ。金の援助もできないしできる仕事をしてもらうことになるぞ？　それでいいのか？」

「は、はい。私にできる仕事があるのでしたらやらせてください。お願いします」

理由もしっかりしているし、この少女にならら後れを取ることもないだろう。

それに俺の領主としての力を使うならやっぱり人はいないといけない。

食料もかろうじて2人が食べていけるくらいはあるだろう。

「わかった。それじゃあ、これからよろしく頼む」

「は、はい、ありがとうございます」

クルシュは深々と頭を下げてお礼を言ってくる。


「では、私はこれで失礼いたしますね」

ビーンが軽く頭を下げて去って行った。

さすがに疑いすぎただろうか？　どうにも商人というだけで利に目聡《めざと》い、何でもしてくる相手……という印象があってダメだな。当面は人の募集はビーンに任せておけばいいだろう。

それにいきなり大量に連れてこられても困るわけだしな。それにしても、ボロ小屋を優先して開拓度を上げて正解だった。古びた家になってから部屋数が増えていた。

さすがにクルシュと一緒の部屋に寝る……というわけにはいかないからな。

「それじゃあクルシュはこっちに来てくれ。部屋に案内する」

「はい、お願いします」

俺はクルシュを領地の中へと案内していった。

「見ての通り、今の領地はこれだけなんだ」

初めてこの世界に来たときよりはずいぶんと発達した。植えられる野菜が増えていくにつれて広くなっていった畑。物置小屋にしか見えなかった小屋も今では古家になっていた。あとは木の棒や石の槍が至るところに転がっていた。……どこからどう見ても隠れ家にしか見えないな。

そして、それはクルシュも同じだったようだ。

「えっと、ここがお話にあった領地……でしょうか？」

「まぁ、領地には見えないよな。ここからしっかりとした町へ成長させないといけないんだが、どこから手を付けるにも俺1人じゃどうすることもできなくてな……」

「わ、わかりました。私にできることでしたら何でも言ってください！」

クルシュが気合いを入れてくれる。

確かクルシュの能力に『採取』の能力があったな。しかも、中々レベルが高かった。それなら畑を任せるのが良さそうだな。

「それじゃあ、明日からあの畑の野菜を任せてもいいか？」

「畑……ですね。わかりました。農作業は初めてですけど頑張りますね」

腕まくりをして気合いを入れるクルシュ。いや、そこまで頑張ることはないと思うが、……まぁ、今までミスをしてクビになってきたわけだもんな。やる気になっていてもおかしくないか。

あと、クルシュがこの領内の開拓を行えるのか。その場合、開拓度は上がるのか。それに、クルシュ自身の能力がどう上がるのか。それと、俺自身の能力もだ。『鼓舞』と『激昂』がどういった能力なのかはきっちり調べておく必要がある。

そう考えると調べるべきことはたくさんあるわけだ。領内の開拓も同時にしつつ、そこを強化していく……。ただ、古びた家はこれ以上強化することができない。

Ｄ級素材を探すこともやらないとな。他にもこの世界の知識を得ていくのも必要だ。

「ちょっと待て……。やること、増えてないか？」

「……？　どうかしましたか？」

「いや、気にするな。それよりも明日からは大変になる。今日は早めに寝ようか」

「はいっ！」

笑顔のクルシュを部屋へ案内した後、俺は自室へと戻る。

◇◇◇

翌日、どうにも眠れなくて早起きしてしまう。

すると家の外から『ザクッ、ザクッ……』と変わった音が聞こえてきた。

「……んっ？　何の音だ？」

この領地には俺だけしか……。いや、昨日からクルシュもいるんだったな。

それじゃあこの音はクルシュが出してるものか？　一体何をしているんだ？　窓の外を見ると、

まだ日も昇っておらず真っ暗だった。

特にここは照明が家の中以外にはないので、家の外は闇夜《やみよ》が広がっていて、ろくに歩けないはずなのに。

もしかして、この領地を壊そうとなにか企《たくら》んでいるのか？　さすがにそのままにはしておけず、俺は音が聞こえてくるクルシュがいると思われる場所へ向かっていく。

すると、クルシュは腕まくりをして畑の側を木の棒で叩いていた。

「んっしょ、んっしょ。あっ、ソーマさん、おはようございます」

「あぁ、おはよう。……それより何をしているんだ？」

「畑作業です。確か畑って朝早くから仕事をするものだって聞いた覚えがありますので――」

「いや、それはわかるがなんで木の棒で地面を叩いているんだ？」

「本当はクワがほしかったんですけど、これしかなかったので、これで畑を耕しているんですよ」

「……やっぱりそうか」

まぁ、地面を叩いている理由なんてそれくらいしか思い浮かばないもんな。

ただ、それが畑になにか効果があるとは思えないのだが――。

苦笑を浮かべつつ水晶で畑を見てみる。

【名前】　荒れた畑
【開拓度】　１（7.0001/10）［農業］
【必要素材】　Ｅ級魔石（0/3）

【状況】　キュウリ（7/7）トマト（7/7）キャベツ（4/4）

　ほらっ、数字はほとんど変わってない……あれっ？　よく見ると開拓度の数字に小数点以下の文字が加わっていた。一応こうやって畑を耕したりとか、本来畑にするようなことをしても開拓度は上がるのか。……いや、普通はそうやって畑を育てるんだもんな。それだけでもわかっただけで上出来だ。上級の素材はそれだけ手に入れにくくなる。それならこうやってちょっとずつ数字を上げていった方が早い場合もあるかも知れない。

「それじゃあ、私は畑作業に戻りますねって、あわわわっ……」

　クルシュはつまずいてしまい、そのままトマトの上に木の棒を振り下ろしてしまっていた。

　もちろん、そのトマトは粉々に砕け散ってしまう。

「ご、ご、ごめんなさーい。私、ミスをしてしまって……」

「いや、今のは不可抗力《ふかこうりょく》だろう？　なら仕方ないことだ。それよりもさすがにこうも暗かったら手元が狂って当然だろう？　明るくなってからもう一度戻ろう」

「えっ、怒らないのですか？　給料の天引きとか叩いたりとか……」

「そんなことをしても仕方ないだろう？　まぁ、明日も生えてくるから大丈夫だ」

「あ、ありがとうございます」

　クルシュは大袈裟《おおげさ》に頭を下げていた。

「いや、気にするな。それよりも明るくなったらここでの仕事を教えるから……」

「は、はい。よろしくお願いします」

◇◇◇

日が昇ってからクルシュに新しく仕事を教え始めた。しかし、クルシュのミスは続いていた。

野菜を採取してもらい、それを家の中へ運んでもらおうとすると転んでバラバラにしてしまい、それを調理（焼くくらいしかできないが）してもらおうとすると、真っ黒に焦《こ》がしてしまう。

なるほど……、確かにここまでミスを繰り返すのならメイドとして働けないのもよくわかる。

すっかり落ち込んでしまったクルシュ。

さすがにかける言葉が見つからずにその背中を眺めていた。そのときにふとクルシュが持っていた能力を思い出す。


【スキル】『採取』4（61/2500）『釣り』2（37/1500）『給仕』1（0/1000）

上がらない給仕スキルは置いておく。

『採取』と『釣り』。

『採取』は農作業関連だと思ったけど、メイドのクルシュが畑を耕していた……なんて姿は想像できないもんな。それなら——。

「クルシュ、金がなかったときは何を食っていたんだ？」

「何って草むらで食べられる草を探して——」

「わ、わかった、もういいよ」

やはり、採取というのは草などを採るスキルのようだ。

……いや、それだけでスキルになるというのもおかしいな。

「例えばこの辺りだとどんな草が食えそうなんだ？」

「そうですね……。例えばあれとかでしょうか？」

クルシュが実際に草を取ってきてくれる。

【名前】　いやし草
【品質】　D　［雑草］
【損傷度】　0/100
【必要素材】　C級魔石（0/5）
【錬金】　いやし草（0/10）→回復薬（D級）

ちょっと待て!!　どうしてこんなところにD級の素材が生えているんだ!?　少なくとも俺はこの領地内を色々と調べたはず。

E級の素材ならあったが、D級のものは一切なかった。

それをどうしてこんなにあっさり見つけることができたんだ？　不可解な現象に思わずクルシュの顔をじっくり見る。

「あ、あの……、私、また何かしちゃいましたか？」

不安そうな表情をしてくるクルシュ。

何かミスをしたと思ったのだろう。ただ、俺からすればこの結果のおかげで色々とわかることがあった。クルシュがD級素材を採取できたことが偶然ではない……と考えると理由は一つ。

『採取』スキルが作用したとしか思えない。それを確かめるのは簡単だ。

「すまない、もう一つ今と同じ草を探してくれるか？」

「同じ……ものですか？　これでいいですか？」

クルシュがすぐ側に生えていた草をむしり取って渡してくる。

【名前】　いやし草
【品質】　D［雑草］
【損傷度】　0/100
【必要素材】　C級魔石（0/5）
【錬金】　いやし草（0/10）→回復薬（D級）

やはりD級の素材だ！　これで確定だな。一定以上のスキルレベルがある人が採取すると素材のレベルが上がる。『採取』スキルがどこまで影響するかはわからないが、木の枝とかにも作用するなら、古びた家を更に強化することも――。

「よし、それなら次は木の枝を拾ってくれないか？」

「……？　わ、わかりました……」

慌てて側に落ちていた木の枝を拾ってくれる。

【名前】　木の枝
【品質】　Ｅ　［木材］
【損傷度】　0/100
【必要素材】　Ｄ級魔石（0/5）
【鍛冶】　Ｅ級木材（0/10）→木の棒

……うん、さすがにこっちは変わらないか。採取レベルが足りないのか？　これも要検討しないといけないな。ただ、クルシュの能力はこれ以上ないくらい俺の役に立ちそうだ。特に開拓度を上げていく……という一点においては必要不可欠になるだろう。

「あ、あの……、そ、その……、やっぱり私、ご迷惑しかおかけしてませんよね？　それなら遠慮なく私をクビにして――」

「いや、そんなことするはずないだろ!!　クルシュの能力はとても魅力的なものだ！」

他に品質を上げる方法があるのかはわからないが、とにかく当面はクルシュの能力頼みになる。

こんなトンデモ能力の持ち主を手放すわけにはいかない。しかし、クルシュは顔を真っ赤にして、目からは涙を流していた。

「そ、その……、わ、私、そんなこと言われたの初めてで……。あ、ありがとうございます。わ、私、頑張ります！」

必死に涙を拭《ぬぐ》って笑みを浮かべてくる。

さすがに泣かせるつもりがなかった俺は少し困って自分の頭を掻《か》いていた。

「まぁ、できることをしてくれたら良いよ。とりあえず、今日はこの草を集めてくれるか？」

「はいっ！　全力でたくさん集めてみせます‼」


きっちり役割分担《やくわりぶんたん》をする。

クルシュは草取り。

俺は魔石集め。

やはりこの領地の広さを広げることが優先だからな。

【領地称号】　弱小領地
【領地レベル】　1（3/4）［庭レベル］
『戦力』　2（1/15）
『農業』　1（7/10）
『商業』　2（0/15）
『工業』　2（5/15）

クルシュが来てくれたからか、それとも商人と交渉したからか、そのどちらが理由かはわからないが、戦力と商業が1ずつ上がっていた。全体を表示したら小数点以下の数字は隠れてしまったな。

領地レベルを上げるには、あとは農業を上げればいいだけ。もう少し……、魔石さえあれば領地のレベルが上がる。

「あれっ？　そういえば、『農業』以外のステータスも2になった後も少し上がってるな。こういうものは領地レベルが上がってからじゃないと上がらないものだと思ったが――」

もしかすると全部均等に上げていかなくても、特定の一つを上げ続けても領地レベルが上がるのか？　いや、畑の強化は必須だし、他のを考えると均等に上げる必要がある。

それに木の棒が増えすぎても困る。

クルシュが取ってきてくれた『いやし草』で回復薬が作れるからそれで上げていこうか。

よし、とりあえず畑を上げきるだけの魔石を集めて（9/10）に上げてから、鍛冶や錬金で『工業』のレベルを上げてみるか。

損傷度がまだゼロの木の棒と石の槍を手に取ると、俺はいつものスライムの森へと行こうとする。

すると、クルシュから声をかけられる。

「ソーマさん、どこへ行かれるのですか？」

「あぁ、ちょっとスライムを狩りに行ってくる。畑の肥料に必要なんだ」

「そうなのですね。スライムって肥料になるのですか。初めて知りました」

目を輝かせて聞いてくる。

正確にはスライムの魔石が、開拓度を上げるための素材となって、その結果畑が成長するのだけどな……。

説明しても仕方ないことなので、これで統一させた方がいいな。

「そういうことだ。だからクルシュは草集めを頼んだぞ」

「はい、頑張ります!!」

気合いを入れているが、既にクルシュの足元には山のように摘まれた草が置かれていた。

鍛冶には十分すぎるほどの草が揃っていた。

これだと草集めだけだと暇《ひま》を持て余しそうだな。

そうなると次にクルシュに頼めそうなのは……釣りになるな。

これは戻ってから相談してみるか。

ずいぶんと慣れたもので、半日ほど過ぎる頃には魔石の数が目標の3個に届いていた。

「さて、あとは戻って畑を強化するだけだな」

いつも通りなら次に量を増やしたら、キャベツの量が増えるはず。そんなことを考えながら領地へと戻ってくる。すると、そこには草の山が出来上がっていたが、クルシュの姿はなかった。

「あれっ、クルシュ？　どこに行ったんだ？」

もしかして、この領地が嫌になって出て行った？　確かにずっと草むしりをさせていたわけだし、俺1人しかいないというのも嫌だったのかも知れない。他にも食事が野菜しかなかったこととか、そもそも、まだ給金を支払っていなかった。俺自身が金を持っていないから現金では払えないけど、何かもので渡せるようにしておくべきだったか……。

さすがにクルシュがいなくなることは予想していなかったので、少し動揺《どうよう》してしまう。

すると、どこからともなく呪いのような呻《うめ》き声が聞こえてくる。

「ソーマさぁぁぁん……、助けてくださぁぁぁい……」

この声は……クルシュ!?　もしかして魔物かなにかに襲われた!?

「ど、どこに居るんだ、クルシュ！　大丈夫か？」

「だ、大丈夫じゃないですぅ……。お、重いですぅ……」

俺は必死に周りを見渡す。そして、声が草の中から聞こえて来ることに気づいた。

「も、もしかしてこの中にいるのか？」

「は、はい……」

俺は慌てて草の山を退《の》けると、本当に中からクルシュの姿が出てくる。

「た、助かりましたぁ……。本当にありがとうございますぅ……」

自身についた草を払いながら、クルシュが何度もお礼を言ってくる。

「どうしてそんな中にいたんだ？」

「それが草を運んでいたときに思わず躓《つまず》いてしまって、この山に突っ込んでしまったのですよ。それで意外と重たくて身動きがとれなくなったんですよ……」

「それは……間一髪《かんいっぱつ》だったな」

「はい、ありがとうございます……。ソーマさんは命の恩人《おんじん》ですぅ……」

クルシュが抱きついてくる。

「い、いや、大したことはしてないからな」

そっとクルシュから離れる。

「そ、それにしてもずいぶんと集まったんだな」

少し動揺しながら慌てて顔を草山の方へ向ける。

「はい、頑張りました。これで足りますか？」

クルシュが俺の顔をのぞき込んでくる。

「あ、あぁ、大丈夫のはずだ……」

これで錬金が使えるようになっているよな？　数も数えたいし、念のために『いやし草』を調べてみる。

【名前】　いやし草
【品質】　D　［雑草］
【損傷度】　0/100
【必要素材】　C級魔石（0/5）
【錬金】　いやし草（271/10）→回復薬（D級）

『錬金を行いますか？』
→はい
　いいえ

271本か……。すごい数だな。これだけあればかなりの量の回復薬が作れそうだ。それを商人に売ればこの世界の金が作れる。クルシュに給金を払うこともできるし、必要なものを購入していくこともできる。それにいくつかは俺たちが怪我《けが》したときのために置いておくといいな。錬金術に希望を抱きながら、俺は『はい』を押していた。

『はい』を押した瞬間に水晶からいくつもの道具が飛び出してくる。

ビーカーや混ぜ棒、スポイト、更に水や色とりどりの色の液体。

それらを見た瞬間に『あっ、これはダメなやつだ……』と理解できてしまう。

おそらくこの液体が回復薬の素材。

それをビーカーにちゃんとした量を加えて、混ぜれば作れるわけか。

――たった一回でそのぴったりの量がわかるはずないだろう!?　思わず心の中で怒りを露《あら》わにしてしまう。

品質が一つ上がっただけで難易度が跳ね上がってないか？　いや、これもぴったりの量がわかれば失敗しなくなる。最初の難易度が高すぎるだけのやつだ。あとは時間――。


『00：05：00』


ほとんどない。試せて数回だろう。これは辛《つら》いな。いつ成功するのか……。

「ソーマさん。それ、どこから取り出したのですか!?」

水晶から出てきた錬金道具を眺めていると隣から驚いた表情のクルシュが聞いてくる。

しまった、そういえばここにはクルシュもいたんだった。

「これは……そうだな。俺の領主としての能力だな」

詳しいことを言わずに説明する。

「はぇ……、すごいです。そんな能力があるのですね……」

詳しいことを説明しなくてもあっさり信じてくれる。

まぁ、嘘は言ってないもんな。詳細を伝えていないだけで。

「これを混ぜたらいいのですよね？　私がやりましょうか？」

「あっ、ちょっと待て！　さすがにそれは危ない……」

「大丈夫ですよ。混ぜるだけなら私にもできますから」

「い、いや、そういうわけじゃ……」

……でも、色々と試さないといけないのか。

それならクルシュにも頼んでみるのはいいかもしれない。それに混ぜたときの反応をじっくり見ることで何かわかるかも知れない。ここは見る方に回るのが正しいか……。

「そうだな。一回目はお願いしてもいいか？」

「はいっ！　では早速――」

クルシュが色とりどりの液体を全てビーカーに入れて混ぜ出す。

い、いや、いきなり全部混ぜるのは危ない気も……。

まぁ、どちらにしても全部混ぜたときの反応が見ておきたいか。

俺は薬がどんな反応を見せるのか、じっくり観察する。

クルシュ、楽しそうだな……。

鼻歌交じりに液体を混ぜているとビーカーが突然光りだす。

「危ない！　クルシュ、それを捨てろ！」

「は、はいっ……」

慌てたクルシュがビーカーを捨てると、その瞬間に爆発を起こしていた。


ドゴォォォン!!


まともに受けていたら怪我程度じゃすまないほど、高い威力《いりょく》。

これが錬金を失敗したときに起きる現象か……。

当然使った素材もなくなっている。

実害が出る可能性があるなら下手に失敗はできないな。

「な、な、何が起きたのですか!?」

「これは混ぜるのに失敗したら爆発するようだな。クルシュが無事で良かったよ……」

「そ、ソーマさんも危ないですよ!?」

「必要なことだからな。ただ、爆発するとわかった以上クルシュは触らない方がいいな。あとは俺がするよ」

「ご、ごめんなさい……」

クルシュはシュンと落ち込んでしまう。

「いや、クルシュのおかげで色々とわかった。ただ、あまり危険なことはしてほしくないからな。

クルシュの代わりはいないんだから……」

「あっ……は、はい。わかりました……」

「うん、わかってくれたらいい。あっ、そうだ。クルシュに一つ聞きたいことがあったんだ」

「えっと、何でしょうか？」

「今回のものとは関係ないのだが、釣り竿《ざお》を作るのに必要なものってわかるか？」

「それならわかります。木の棒……はありますし、あとは糸と針さえあれば……って、私が持ってきた荷物にあったと思いますよ。お魚を釣るのですか？」

「ちょうど近くに小川があるからな。魚が捕れたら食卓が華やかになるなって思ったんだ」

「それなら私に任せてください！　たくさん釣ってきますから」

両手を握り、気合いを入れるクルシュ。少し心配ではあるが、クルシュには『釣り』スキルがある。俺がするよりも成果を上げてくれるはず。

「わかったよ。ただ、釣りに行くのは明日だな。今日はもうすぐ暗くなる」

「はい。では、そろそろ家に戻りましょうか」

「いや、先に戻っておいてくれるか？　俺はちょっとやりたいことがあるからな」

「わかりました。では、先に失礼しますね」

クルシュが頭を下げた後、先に家へと向かっていった。後に残った俺は畑の方へと向かう。

あとは畑を強化するだけ……なのだが。さっきの錬金を見ていて思ったことが少しある。

もし、畑の開拓度を上げるのを失敗したら同じように爆発してしまうのだろうか？　畑が爆発……。つまり、俺たちの生命線である食料を失ってしまうことに他ならない。……いや、さっきの錬金は最初から、いかにも失敗しそうだった。でも畑の方は違う。

E級の開拓度上昇だと種をまくだけなので、まず失敗しない。

「よしっ！　やるか」

いつまでも迷っていても仕方ない。結局俺はこの領地を広げていくしかないのだから。

いつも通り畑の画面を表示して、出てきた種を畑に植える。

これで完了だな。

畑に種を植え終えた俺は山になった『いやし草』を眺める。

「あの威力の爆発は素材を一度に混ぜたから起こったものだよな？　その辺りも爆発するとわかってるなら試せるか……」

俺自身、開拓度を上げるときに怪我をする可能性があるとわかった以上、回復薬は早めに作れるようになりたい。危険は承知の上だ。俺は再び『いやし草』を使って錬金を行った。

幾度となく挑戦してきたが、やはりＤ級から一気に難易度が跳ね上がっている。

山のようにあった『いやし草』はもう数えるほどしか残っていなかった。

ただ、混ぜた液体の量によって爆発の威力も変わると言うことがわかった。

極端に量を少なくしていれば、音が鳴る程度で何度も挑戦することができた。

そして、ついに『いやし草』がなくなるタイミングで爆発しない割合を見つけ出すことができた。

【名前】　回復薬
【品質】　Ｄ　［薬］
【損傷度】　0/100
【必要素材】　Ｃ級魔石（0/50）

「よし、ついに完成だ!!」

思わず片手を挙《あ》げて喜んでしまう。すると、後ろから突然声をかけられる。

「おめでとうございます、ソーマさん。……本当に完成したのですね」

どうやらクルシュが心配して見に来てくれたようだ。

結構長時間、錬金を試していたし、何度も爆発音をさせていたわけだからな。

「あぁ、これもクルシュのおかげだな」

「いえ、私は邪魔《じゃま》してばかりで――」

「何を言ってるんだ。この『いやし草』はクルシュがいなかったら採れなかったんだぞ。だから、こうして無事に回復薬が作れるようになったのもクルシュのおかげだ」

俺が褒めるとクルシュは少し恥ずかしそうに頷《うなず》く。

「それなら私とソーマさんの2人いたからできた……ということでどうでしょうか?」

ただ、その言葉を言った瞬間にクルシュの顔が真っ赤に染まっていく。

「あっ、いえ、その……。わ、私が言いたいのはその……」

「わかってるよ。俺とクルシュが協力してできた成果がこれだからな」

「は、はいっ!!」

クルシュは嬉しそうに大きく頷いた。

# 第3章　冒険者

魔石を集め続け、ようやく畑の開拓度が上がるタイミングになった。

それと同時に回復薬を作り続けた結果、『工業』もあと1本作れば上がる段階まできていた。

どちらを上げても領地レベルが上がってくれる。

思ったより工業が早く上がったのはD級素材で鍛治すると数字が2上がったからに他ならない。

やはり、難易度が高い分、数字の上がり方もより大きいのだろう。

「ソーマさぁーん、朝食の準備ができましたよー！」

「あぁ、今行くよ」

クルシュのミスも本人が緊張していたせいだった。

今では立派に朝食を準備してくれるところにまで成長していた。

「あははっ……、ちょ、ちょっと焦げちゃいましたけど、大丈夫ですか……？」

「あぁ、焦げた部分は避けて食べるよ……」

まだまだ完璧とまではいかないが、そこはどんどん順応してもらおう。

それに調理といっても焼くくらいしかできないわけだし……。

「塩とかほしいですよね……」

「そうだな。次に商人《ビーン》が来たときに頼んでみるか」

「でも、お金は……」

「回復薬を売れば多少はできるはずだからな。他にほしいものがあるか？」

「……そうですね。そろそろ新しい人が来てほしいですよね。やっぱり人数が少ないのは寂《さび》しいですから」

「そうだな……」

確かにこの人数だと未だに隠れ家の域を出ない。

せめて村……くらいに思われるだけの人数はほしいところだけど、いきなり集めることもできないよな。

それにクルシュを戦いに連れて行くわけにもいかないので、周囲の散策はスライムの森以上の場所には行けてない。

品質を上げるのにD級魔石を要求されることが多いが、とてもじゃないがスライム以上の魔物を倒せる気がしない。

戦闘面も強化したいところだ。

そんなことを思っていたタイミングでビーンがやってくる。

「お久しぶりです。今日も武器の鑑定をお願いしたくて来させていただきました」

そして、ビーンは恭《うやうや》しく頭を下げていた。

「ちょうど良かった。俺からも頼みたいことがあるんだ」

「ほう……、なんでございましょうか？」

「ここには料理に使う調味料がない。それを購入させていただきたい」

「それならご用意させていただいております。おそらく必要になるかなと思いまして……」

俺の領地の状況を調べて、調味料を持ってきてくれたようだ。

「それは助かる。あと、この回復薬を売りたいのだが、いくらになる？」

俺は鍛冶で作った回復薬をビーンに見せる。

「ほう、こちらはD級の回復薬ですか」

「……見ただけでわかるのか？」

「えぇ、商人は目が命ですから、一目見たら品質はわかるのですよ」

もしかすると、ものを調べるような鑑定を持っているのだろうか？　回復薬の品質まで当ててきたので、持っていると仮定した方がいいだろうな。

そうなると俺の水晶についてもおおよその能力は把握《はあく》しているわけか。

まぁ、俺を騙《だま》す気なら最初の求人募集のときに盗賊でも紛れ込ませて水晶を盗めば良かったんだけどな。それをしなかったということは、今のところは信用してもいい……ということだろう。

それに領民になればその能力を調べることができる。

「D級の回復薬でしたら1本、銀貨1枚と交換させていただきますが、いかがでしょうか？」

銀貨1枚!?　いや、その価値がわからないから妥当かどうかもわからない。

これは先に調味料の値段を聞くべきか。

「回復薬何本で調味料が買える？」

「そうでしたね。えっと、そうですね。調味料は全て合わせたら大銀貨1枚はくだらないほどの額になるのですが――」

また新しい貨幣《かへい》が出てくる。

大……がつくくらいだから銀貨の上の貨幣なのだろうが、やはり値段がわからない。

「それじゃあ手持ちの回復薬じゃ足りなさそうだな」

予備で3本は家の中に置いてある。商人に見せていた分と合わせて合計4本。最低でも1本は置いておかないといざというときに困るので、売ることができるのは最大3本だ。つまり銀貨3枚。

さすがにそれで大銀貨に換えることはできないだろうな……。

少し残念に思うが、商人は手をすり合わせて笑みを浮かべる。

「いえ、今日はちょっと頼みたい武器の量が多く、よろしければそちらの代金を当てさせてもらって、銀貨1枚で構いませんよ」

商人がちらっと自身が乗ってきた馬車に目をやる。

そこには隙間がないほどびっちりと乗せられた武器の山があった。

「あぁ、それは俺としてもありがたいがいいのか？　元々武器鑑定の礼に領民を募集してもらっていただろう？」

「えぇ、もちろんにございます。それと本日も領民になりたいと言っている方をお連れしました。なんと、自称Cランク冒険者ですよ！」

商人はニコニコと答えていた。

ただ、俺は『自称』の部分がすごく気になってしまう。

実際は違う職業……とかも十分あり得るのじゃないだろうか？　でも、冒険者を名乗っている……ということは戦える職業ということだ。

それならば十分戦力になってくれる。

「それは助かるな。それで一体どこにいるんだ？」

「えっと、ちょっと待っていてください。ラーレさん、到着しましたよ」

商人が馬車に戻っていく。そして、一緒にやってきたのは獣人族《じゅうじんぞく》の少女だった。

猫っぽい耳や尻尾があり、髪の色は黒で腰くらいまでの長さがあった。

背丈は俺より低いもののクルシュよりは高い。更に目は少しつり上がり、気が強そうに見える。

腕を組んでじっと見ているから余計そう見えるのかも知れないが。

体型はスレンダー……という言葉が合いそうだな。

腰には短剣が2本と小さなポーチが携《たずさ》えられ、いかにも冒険者と思える容姿をしている。

女性ばかり来るな……。

できれば男手もほしいのだけど……、既に働いている人たちがこの辺境に興味を持つことがほとんどないから仕方ないのかもしれない。

「ラーレよ。適当《てきとう》によろしくしてあげるわ」

「ちょっ……、ラーレさん⁉ も、申し訳ありません、少々口は悪いところがありますが、実力は本物だと聞いておりますので――」

ラーレの口調に慌てたビーンが言いつくろってくる。

「いや、俺は気にしないからいいぞ。俺はソーマ。あと、こっちはクルシュだ。今は領民が2人しかいないが、よろしく頼む」

「クルシュです。よろしくお願いします」

クルシュが頭を下げるが、ラーレの反応は鈍《にぶ》かった。

「全く……、なんで私がこんな仕事を……」

ラーレはそっぽ向いて恨み言を吐《は》いていた。ただ、もう領民になってくれたので、早速水晶でラーレの能力を調べようとしてみる。しかし――。

「……あれっ？」

水晶にラーレの能力が表示されることはなかった。


本来領民だと水晶には能力が表示されるはず。でも、ラーレの表示が出てこなかった。

つまり、領民になったふりをして入り込んできた、ということだろう。

誰かに雇われた盗賊か？　いや、それならここまで堂々と来ないか。でも、別の目的があるのは確かだろうな。

さすがにその目的が何なのかまではわからない。それにもう一つ可能性がある。

この水晶が領民として認めるにはなにか条件があるはずだ。

クルシュが自然と認められていたので、勝手になるものだと思っていた。でも、条件があるならそれを探る必要もある。

とにかく当面はラーレのことを警戒しつつ、馴染《なじ》んでもらうように頑張ることだな。

「あっ、あとラーレの部屋だけど――」

「私はいらないわ。自分で作るから」

きっぱりと言い切ってくるラーレ。すると、クルシュが驚きの表情を見せていた。

「ラーレさん、家が作れるのですか⁉」

「家じゃないわよ。雨風がしのげればいいのだから、簡単なテントで十分でしょ？」

「それじゃあダメですよ!?　お風呂とか入らないと！」

「いらないわ。そんなもの――」

「ダメですよぉー！　せっかくですから一緒にお風呂に入りましょう」

「だから、いらないって……きゃっ」

ラーレはあっという間にクルシュに引っ張られていった。

クルシュの力、1しかないのによく連れて行けるな……。思わず感心しながら見えなくなるまでその後ろ姿を眺めていた。そして、改めてビーンの方に振り向く。

「では、こちらをお受け取りください」

ビーンが調味料一式を渡してくれる。それと引き換えに俺も回復薬を渡していた。

そして、その後に武器を全部調べて、その損傷度をビーンに伝えていった。

全ての武器を調べ終わりビーンが帰っていった後、俺は古びた家へと戻った。

すると、家のリビングにはぐったりとしたラーレが疲れた様子で床に座っていた。

「全く……、あの子は一体何なのよ……」

髪が少し濡《ぬ》れていたので、しっかりと風呂に入れられたんだろう。

「まぁ、これまで領民は少なかったからな。クルシュも嬉しかったんだろう」

「領？　宿の間違いじゃないかしら？」

確かに今は辺境宿……にも思えるな。でも今はそれよりもラーレに聞いてみたいことがあった。

「どうしてラーレはここに来たんだ？」

「――何でもいいでしょ。私は求人を見てきただけなのよ」

「さっき『なんで私がこんな仕事を……』って言ってたからな。領民になりにきた……というより別の目的があってここに来たんじゃないのか？」

「そんなこと、言ってないわよ。聞き違いじゃないかしら？」

ラーレはそこで話が終わりだと言いたげにプンッと顔を背《そむ》けてしまう。やはり何か事情があるようだ。でも、ここまで表情に出やすいと案外あっさりとその事情もわかりそうだな。

とにかくそれがわかるまでラーレはそっとしておこう。


ラーレとの話が終わった後、俺は1人畑の前に来ていた。

そのときにふと、とある考えが頭をよぎる。

……もしかしてラーレが領民になれてないのは彼女の能力が高すぎるからだろうか？　領地自体にランクがあるわけだし、一定以上は仲間にできない、という設定があってもおかしくない。

とにかく、領地レベルを上げていくという基本方針は変わらないわけだ。

それで自然と判断できるだろう。


俺は早速、畑の開拓度を上げる。

すると、農業の開拓度が2になり、少し畑が広がっていた。ただ、領地レベルは1のままだった。

しかし、それとは別に新しい表示が現れていた。

【領地称号】　弱小領地
【領地レベル】　1（4/4）［庭レベル］
『戦力』　2（2/15）
『農業』　2（0/15）
『商業』　2（2/15）
『工業』　2（13/15）

『領地レベルを上げるためのクエストに挑戦しますか？』
↓はい
　いいえ

クエスト……か。

つまり、この領地自体を広げるためには何かのイベントをする必要があるんだな。

でも、こういうイベントで多いのは、強い敵の討伐《とうばつ》だ。

辺境の領地で周りに強力な魔物が住んでいる……という前情報があるのだから、そうなる可能性は高そうだ。そう考えると今はまだ挑戦するわけにはいかない。

クルシュはまともに戦えない。ラーレは領民ではない。武器は石の槍か木の棒しかない。

こんなナイナイづくしの状態で、討伐クエストをするのは頭がおかしいだろう。特に依頼失敗が命を落とすかもしれない可能性を考えたら、今は保留にしておくより他ない。せめてラーレが一緒に戦ってくれるようになったら勝算はあるが。

とりあえず、まずはラーレの目的を探って領民になってもらう、もしくはクエストを一緒にしてもらえる方法がないかを探してみよう。

◇◇◇

翌日、交流も兼ねてみんなで小川の方へとやってきた。

「どうして私が――」

最初は不満を垂《た》れ流していたラーレだが。

「そう言わないでください。この小川から捕れる魚がとっても美味しいんですよ」

「美味しい魚!?」

クルシュの言葉にラーレは一瞬目を輝かせていた。

しかし、すぐに咳払《せきばら》いをして冷静を取り戻した風を装《よそお》っていた。

ただ、尻尾は激しく揺れているし、まだよだれが流れている。

まぁ、猫の獣人だもんな。耳と尻尾以外は完全に人だけど……。

魚が好きなのは全く違和感がない。

「たくさん捕って食べましょうね」

「わ、私は別に興味ないんだからね。で、でも、あんたたちがどうしてもって言うなら仕方なく協力してあげるわ」

嬉しそうに尻尾を激しく揺らしながらラーレはクルシュの後を追いかけていった。

◇■◇■

ソーマの領地からスライムの森を抜けた先にあるシュビルの町。

そこの領主は面白くなさそうな顔をしていた。その手元にある魔法の地図には現在の領地が描かれていた。ただ、いつの間にかすぐ隣に小さく別の領地ができていたのだ。これを面白く思う領主はいないだろう。

「いきなり我が領地に別の領地ができた件、どうなった？」

そばに控えていた男に確認を取る。

「はっ、そちらなら現在、探索士《たんさくし》のラーレに調べさせております。数日もあればその原因や、敵の戦力等、全て調べ終えると思います」

「ラーレか……。少し生意気なところはあるが、扱いやすいやつだからな。ただ、能力はそこまで強いわけでもない。……寝返ることがないか？」

「もちろんにございます。そのために仕事の報酬として、彼女が探していた伝説の鉱石が眠る場所の行き方を記した地図を渡す約束をしています。もっとも偽物《にせもの》ですが——」

「くくくっ、よくやってくれた。ラーレが戻ってきたら、あとは私の領地を奪ったやつに後悔させるだけだな」

領主はにやり微笑んで笑い声を上げていた。

◇■◇■

小川へとやってくると、早速クルシュは釣り竿を取り出していた。木の棒に糸と針を付けただけの簡易的なものを。

「……そんな簡単な釣り竿でいいの？」

「えぇ、これでたくさんのお魚が釣れますよ」

「ふーん……、そんなものなのね。ねぇ、私にもやらせてくれる？」

「えっと、釣り竿は１本しか作ってなくて……。糸と針はあるので、木の棒さえあれば……」

「それなら俺が持ってるぞ」

いつもなら武器として使っている木の棒だが、石の槍も持っているので片方なくても問題ないだろう。それに、今この状態で襲われたとしてもラーレがいる。さすがにこの状態だと手を貸してくれるはずだ。

「それじゃあ、その木の棒をお借りしますね」

「あぁ、よろしく頼む」

クルシュに渡すと普段の姿からは想像も付かないほどに、器用に釣り竿を作ってくれる。

それを水晶で調べてみるとしっかり表示が出てきた。

【名前】　ボロボロの釣り竿

【品質】　E　［武器］
【損傷度】　7/100
【必要素材】　E級魔石（0/1）
【能力】　筋力+1

釣り竿って武器なのか？

確かに針がついてるし、木の棒の部分はそのまま打撃《だげき》武器としても使えるのか。あと、品質を上げるのがやけに簡単だった。おそらく品質を上げたらいい魚が釣れるのだろう。それなら上げておくべきだな。

そんなことを思っていると、まるで図ったようなタイミングでスライムが出てくる。

ただ、俺たちが身動きを取る前にラーレが短剣を取り出してスライムを切り倒していた。

「まぁ、こんなものね」

颯爽《さっそう》と短剣をしまうその姿に俺たちは思わず見惚《みほ》れてしまう。

「やっぱりすごいな……」

「はい、とってもかっこいいです……」

俺たちが褒めるとラーレは恥ずかしそうにそっぽを向く。

「ふ、ふんっ、こ、こんな相手、倒せて当然よ。雑魚《ざこ》モンスターじゃない」

「いや、俺が戦うと数十分はかかるぞ……」

「それは、あんたが戦闘職じゃないだけでしょ！　領主なんだから後ろで応援していたらいいのよ！」

「……それもそうだな。せっかくだし、応援でもするか」

「――はぁ!?　あ、あんた、本気で言ってるの？　応援なんかいらないんだからね」

いるとかいらないとか忙しいな……。

でも、一度くらいスキルは使っておきたいもんな。

まぁ、ラーレには効果はなさそうだけど、クルシュには効くだろう。

今の状況だと『鼓舞』スキルになるのか。

どうやったら発動できるのだろう？

不思議に思うと水晶に文字が浮かび上がる。

『鼓舞を使いますか？』
↓はい
いいえ

これも水晶から発動するのか。ますますこの水晶を盗られることは致命傷になりそうだ。対策を何かしら考える必要があるな……。

そんなことを考えながら実際にスキルを使ってみる。

しかし、『はい』を押しても何か起きた気がしない。

戦闘が既に終わってるからか？　何か効果が発動したのかを調べる方法はないか？

いや、単純なことだな。俺のスキルレベルを見れば良いのか。

あれは使用回数でレベルが上がっていく。うまく発動しているのなら、回数が増えているはず。

そう思い、水晶をのぞき込む。

【名前】ソーマ
【年齢】24
【職業】辺境領主
【レベル】1（0/4）
『筋力』1（27/100）
『魔力』1（0/100）
『敏捷』1（6/100）
『体力』1（22/100）
【スキル】『鼓舞』1（2/1.000）『激昂』1（1/1.000）

やっぱり、数字が一つ増えている。しっかり、スキルは発動していたようだな。どういう効果だったのかはわからないが――。

「それより早く魚釣りを始めましょうよ！」

ラーレがそわそわしながら俺たちを急《せ》かしてくる。

ただ、さっき倒したスライムの魔石が転がったままになっている。

「ラーレ、スライムの魔石はいらないのか？」

「あの大きさの魔石はお金にならないのよ。ほしいならあげるわよ」

「あぁ、それじゃあ遠慮なく……」

それにしてもE級の魔石は値段がつかないほど安いのか。もしかすると、安めでも値段を付けるとたくさん買い取ることができるかもしれない。数が必要な畑の強化は終わってしまったが――。

とにかく早速釣り竿を強化してみよう。

【名前】　ボロボロの釣り竿
【品質】　E　［武器］
【損傷度】　7/100
【必要素材】　E級魔石（1/1）
【能力】　筋力+1

『品質を上げますか？』
↓はい
　いいえ

ここは迷わずに『はい』を押す。

すると、ただの木の棒に糸を付けただけの釣り竿がしっかりした普通の釣り竿に変わっていた。

「な、何をしたのよ!?」

驚きの声を上げるラーレ。

そういえば、ラーレの前で品質を上げるのは初めてか。

「今のはだな――」

「ソーマさんの領主パワーですよ」

クルシュが笑みを浮かべながら答えてくれる。すると、ラーレは呆れ顔を見せていた。

「はぁ？　そんなわけないでしょ。明らかに別のものに生まれ変わってるじゃない！」

「そうだな。ただ、クルシュが言ってることも間違いじゃないんだ」

「――どういうことなの？」

「俺の領主としての力に『特定の素材があれば、ものの品質を向上できる』というものがある。だから今、釣り竿の品質を上げたんだ」

「そ、そんなことができるはず――」

ラーレが驚きの顔を見せる。

「も、もしかして、それは薬にも適用され……いえ、何でもないわ」

薬か……。まだあまり試したことはないけど、回復薬には表示されていたな――。

「少なくとも回復薬は品質を上げることができるな。他のは試したことがないが――」

「……っ!?」

ラーレが指を口にくわえて歯痒《はがゆ》そうな表情をみせる。

……これはラーレの信頼を得るチャンスか？

「なにか品質を上げてほしい薬があるのなら言ってくれ。素材を集める必要はあるが、力にはなれると思う」

「そ、そんな……、今更《いまさら》そんなことを……」

「今更もなにも領民のために力を尽くすのは領主の役割だ。ラーレもここの領民になってくれたんだから、そのために力を貸すのは俺の仕事だ！」

ラーレが動揺した顔を見せる。

もう一押しだろうか？　いや、ここまで押したのだから一旦引くべきだな。

「まぁ、考えておいてくれ。力を貸してほしくなったらいつでも言ってくれたら力を貸す。それよりも今は釣りを楽しもう」

俺は品質を上げたばかりの釣り竿をラーレに渡す。

一瞬迷ったラーレは釣り竿を受け取りながら小声で言ってくる。

「……ありがとう」

◇■◇■

領主であるソーマにお礼を言った後、恥ずかしくなったラーレはすぐにそっぽ向いていた。

そして、恥ずかしさを紛らわすために釣り竿の針を小川へと垂らすと、ぼんやり考え事をしながら流れる水を眺めていた。

——全く、どうして私なんかに優しくするのよ！　私はあんたたちの力をシュビルの領主に売ろうとしているのよ！　お金を稼ぐために……。

ジッとしていられなくなって、気がついたらラーレは貧乏揺《びんぼうゆ》すりをしていた。しかし、それに気づくこともなく、深々とため息を吐く。

——母さんの薬……、S級品質の万能薬が必要なんだけど、それを買うには天文学的なお金が必要になる。領主の依頼を達成すれば金鉱石が取れる場所が描かれた地図がもらえる。でも、その地図が本物とも限らないし、金鉱石を集めたとしてもいつ薬の代金が集まるか……。それなら、ソーマに協力してさっきの品質を上げる力で万能薬を使ってもらった方が確実……。ただ、こちらも品質を上げる素材がわからない、と言っていた。私はどう動くのがいいんだろう？

ぼんやりと考え事をしていると、ラーレの竿がピクピクと動く。しかし、ラーレがそれに気づく様子はなかった。

すると、竿が動いていることに気づいたクルシュがラーレの後ろへ回ってくる。

「ラーレさん、お魚さんが釣れてますよ」

「えっ、……あっ」

慌てて持ちあげようとする。しかしその際にバランスを崩してしまい、そして——。


バシャーーーン!!


ラーレはそのまま川へと落ちてしまう。

川自体は浅く、座り込んだ際に服の一部が濡れてしまった程度だが——。

「だ、大丈夫ですか⁉」

「ご、ごめん……。私が注意してなかったから魚を逃がしちゃった……」

「いえ、１匹逃げられたのなら２匹捕まえたらいいだけです。それよりも早く上がってきてください」

手を差し出してくるクルシュを見て、ようやくラーレも小さく笑みを浮かべていた。

「ありがとう……、助かるわ」

差し出された手を掴《つか》むとそのままクルシュが引き釣り上げようとする。

ただ、クルシュの筋力は１。

ラーレを持ちあげることはできずにそのまま釣られるようにクルシュも川へと落ちてしまった。

「だ、大丈夫⁉　わ、私のせいで――」

「あははっ、びしょびしょですね……」

心配するラーレをよそにクルシュは笑みを浮かべていた。

「安心してください。今日はいい天気ですから服くらいすぐに乾きますよ」

そういってクルシュはその場で服を脱ごうとする。

それを慌ててラーレが止めに入る。

「ちょ、ちょっと待ちなさいよ！」

「どうしたのですか？　そのままだと風邪《かぜ》を引いてしまいますよ？」

「ほらっ、だからあいつがいるのよ……」

ラーレはちらっとソーマの方へ向いていた。

彼は近くの木を集めて火をおこしているようでこちらを見てはいなかった。

「大丈夫ですよ、ソーマさんなら」

「だ、大丈夫じゃないわよ！　あー、もういいわ。ちょっと待ってなさい！」

ラーレの手が少し温かくなると一瞬でクルシュの服が乾いていた。

「へっ？」

「威力は弱いけど、私、火魔法が使えるわ。川から上がったらこれで服を乾かしましょう」

得意げに手を突き出してくるラーレ。

それに対して、クルシュは驚き、そのまま再びラーレに抱きついていた。

「ラーレさん、すごいです」

「あっ、だ、だから早く川から……きゃっ!?」

クルシュを支えきれず、ラーレたちは大きな水しぶきを上げながら再び川に腰を付けていた。

◇■◇■

ラーレとクルシュが川の中で遊んでいる姿を見て、俺はどこかホッとしていた。

このまま誰にも馴染まないかもしれない……と思っていたけど、もう大丈夫そうだな。あとは彼女がどのような選択肢をするかわからないが、それを応援するだけだ。

ただ、ぼんやり2人を眺めていたら、水で濡れた服が少し透けていたので慌てて顔を背けていた。

それからなるべく彼女たちを見ないようにしていると、しばらくして順調に魚が釣り上がりはじめ、気がつくと大量に釣り上がってきた。

そして、それをクルシュとラーレが調理してくれた。主に焼いて、塩をかけるだけだが——。

「ふぅ……、お腹いっぱいですね。さすがラーレちゃん、お魚の焼き方が完璧です！」

「あんたがいきなり真っ黒にしたから私が焼くことになったんでしょ⁉　ずっと見てたのにどうしてそんなことになるのよ！　それにちゃんってなによ、ちゃんって！」

「た、たまたまですよ？　いつもはもっとうまく……ちょっと焦げる程度なんですから——。それにラーレさんだとちょっとよそよそしい感じですから」

「あーっ、もう、わかったわよ。名前の呼び方はそれでいいわよ。それに魚は焦がすことには違いないんでしょ？」

ラーレが呆《あき》れ顔を見せていた。そして、1人で小川の方へ歩いて行った。

その後ろ姿を見送った後、クルシュは食べかすを片付け始める。

「では、私は後片付けをしておきますね」

「そうか、それなら俺も手伝う……」

「いえ、私は1人で大丈夫です。それよりもソーマさんはラーレちゃんに付いてってくれますか？」

クルシュが小声で俺に言ってくる。

ラーレは川へ向けて小石を投げながら、ぼんやりとしていた。

確かにどこかもの寂しい雰囲気を出している。

「わかった。少し話してくる」

「はい、よろしくお願いします」

俺はラーレの隣に座る。ただ、なにも言うことなく同じように小石を投げていた。すると、ラーレの方から語り出してくれる。

「あんたの力……」

「……」

下手に俺が口を出すとラーレは話すのをやめてしまうかもしれない、と無言のまま聞きに徹《てっ》する。

「例えばだけど、S級の薬を作ろうと思ったらどのくらいの素材がいるの？」

「そうだな……。まだS級までは試したことがないな。今はD級の回復薬で精一杯だ。その回復薬の品質を上げるのにC級魔石が50個必要になるな。しかも確実に成功するとは限らない」

「そう……」

「ラーレはどこか病気なのか？」

十分戦えているし、体が悪い風には見えない。

「いいえ……。私じゃないわ……」

つまり、彼女の知り合いがその薬を必要としているのだろう。

「わかった。その必要な薬は俺が必ず作る。それならラーレも心配事がなくなるんだろう？」

「どうして……」

「んっ？」

「どうして、そんなに優しくしてくれるのよ。私はあなたたちを売ろうとして……」

「そんなの決まっているだろう。ラーレは俺の領民だ。なら守るのも不安を取り除くのも俺の仕事じゃないのか？」

「ははっ、もう、そればっかり……」

ラーレは目から流れる涙を拭う。そして、ようやく心からの笑みを浮かべてくれる。

これでしっかりと領民になってくれたんじゃないだろうか？

横目で水晶を見てみると、はっきりラーレの能力が表示される。

【名前】ラーレ
【年齢】16
【職業】探索士
【レベル】10（0/4）［ランクD］
『筋力』8（49/450）
『魔力』5（62/300）
『敏捷』18（712/950）
『体力』9（276/500）
【スキル】『短剣術』3（785/2000）『索敵』4（1022/2500）『気配探知』5（625/3000）『隠密行動《おんみつこうどう》』2（882/1500）『火魔法』1（75/1000）

なるほど……、探索士か。暗殺者みたいな能力をしているな。ただ、特筆すべきはやっぱりレベルだな。

ランクDのレベル10。俺やクルシュに比べると相当高い。

このランクが高かったから、簡単に領民にならなかったのかもしれない。

まぁ、それとは別に約束をした以上Sランクの薬が作れるようにならないといけない。

グッと気合いを入れたときに小川の方からクルシュの悲鳴が聞こえてくる。

「た、助けてくださいぃー。巨大なお魚がぁ……」

クルシュの手にはラーレが使っていた品質の上がった釣り竿が握られており、その糸の先には俺たちよりもでかい魚の姿があった。

「ラーレちゃんの釣り竿が動いていたので、思いっきり釣り上げようとしたのですが、なんかとんでもないものが釣れちゃいましたぁぁぁ」

これは、品質が上がったことと、クルシュの『釣り』スキルが影響しているのか？

「ラーレ！」

「えぇ、わかったわ！」

ラーレが短剣を抜くと巨大魚に切りかかる。それに合わせるように俺も『鼓舞』のスキルを使うとラーレはにっこり微笑む。

「連続切り‼」

両手に握った短剣で巨大魚はあっという間に三枚に下《お》ろされていた。

そして、短剣をしまい込むラーレ。

俺に手を差し出しながら言ってくる。

「探索士ラーレよ。改めて、ここの領民……になってあげるわ。で、でも、今のはバフがなくても私1人で倒せたんだからね！」

「ははっ、まぁ、危険はないに越したことはない。それに探索士がついてくれるのは心強いよ」

「当然よ。私の力があれば危険なんてあるはずがないでしょ」

ラーレは恥ずかしそうに顔を背けながら腕を組んで言ってくる。

◇◇◇

領民になってくれたのでラーレの実力がある程度わかった。武器系スキルがあるので、ろくに戦えない俺たちとしてはすごく助かる。そして、ラーレが仲間になったということで、いよいよ『領地レベル』を上げるときがきたようだ。

ただ、その前に気になることもあるのでそのことをラーレに聞いてみる。

「ラーレが仕事を受けた相手って一体誰なんだ？」

「それは……。うん、もういいわよね。隣町、シュビルの領主、ランデン・シュビルよ」

「隣町の領主……か。そうか、突然知らない人物が領主として現れたら調べに来るよな」

相手の領主からしたら、いきなり自分の領地に脅威《きょうい》が現れたわけだもんな。

まずは相手の戦力の分析、どんな力を持っているのか、等々を調べていくだろう。

それなら俺のことを調べてくるのもよくわかる。

「それでラーレに仕事を依頼したのか」

「えぇ、高値で売れる鉱石の地図を報酬にくれると言っていたからね。今思えば、あのとき領主の使いの態度、どこか変だった。きっと偽物でも掴ませるつもりだったのでしょうね」

ラーレはS級の薬を必要としている。そのためにはかなりの額の金が必要になるはずだ。

それを知っていて、いいように使おうとしたのだろう。

探索士、ラーレのスキルを見る限り、調査には向いていそうだもんな。

「……気にくわないな」

「えっ……？」

「うちのラーレを傷つけようとしたんだからな。もし、地図が偽物だとわかったらそのときはランデンとかいうやつには痛い目に遭《あ》ってもらう」

「で、でも、相手は一国の領主よ。こんな人数で勝てるはずはないわ！」

ラーレが少し慌て出す。確かに今ではないな。やるにしてもしっかり勝てる状況を作ることが優先になる。それに、ただの荒野ではなくて、ここの領地も誰かの国土内なのだろう。

今は領地を空けるわけにはいかないので出向けないが、ビーンを使って挨拶くらいはしておいた方がいいか。

「大丈夫だ、やれる手は打ってやる。ラーレの薬を作る前に潰れるわけにはいかないもんな」

「そ、そうよ。あんたには倒れられたら困るんだからね！　私にできることがあったら言いなさい！　協力して上げるから」

「ははっ……、そのときはよろしく頼むよ」

俺が笑いかけると、ラーレは顔を染め上げていた。

翌朝、俺は2人を呼び出していた。

もちろん目的はこの領地のレベルを上げること。ただ、朝ということもあり、ラーレは寝間着姿のまま小さくあくびをしていた。クルシュの方もエプロン姿のまま俺のところに来てくれた。

「どうしたのですか？　何かトラブルでも……？」

「ふわぁ……。まだ寝てたのに起こさないでよ——」

「いや、これから2人には大事なことを伝えておきたいと思ってな」

俺が真剣な表情を見せるとクルシュが少し怯えた様子を見せてくる。

「大事なことですか？　も、もしかして、私、領民をクビ……とか？」

「……そんなことするはずないだろう。クルシュは十分役に立っているよ」

「あ、ありがとうございます……」

クルシュは嬉しそうに笑みを浮かべてくれる。その一方でラーレは机に頬杖をついて半分寝ていた。その様子に俺はため息を吐きながら、領地レベルのことを説明していく。

「えっと、つまりそのくえすと？　というのをすれば領地が広くなるのですか？」

「にゃにを言ってるのよ……。そんにゃことあるはずにゃいでしょ……」

寝ぼけながらラーレが話してくる。

まぁ、普通に考えたら一般的な領地の広げ方じゃないな。

「まぁ、俺もやるのは初めてなんだ。とりあえず試したいから準備だけしておいてくれるか。多分、危険があるクエストになると思うからな」

「……わ、わかりました」

クルシュが固唾《かたず》を飲んで俺の顔を見てくる。ラーレはすっかり眠りについていた。


ラーレの目が覚めるのは昼前だった。

ようやく本調子を取り戻したラーレは腕を組みながら聞いてくる。

「それで私は何をしたらいいの？」

「まだ出てくるクエストはわからないけど、おそらく魔物討伐クエストだと思う」

「なるほどね。わかった、私の力を思う存分見せてあげるわ」

ラーレが嬉しそうににっこり微笑んでくる。

「それにしてもその石ころ……、持ちにくくない？」

ラーレが俺の水晶を指さしてくる。

「あぁ、確かに常に持って歩くのは面倒だな」

「ちょっと貸してくれる？」

「あぁ、いいぞ」

ラーレに水晶を渡すと彼女は色んな角度から水晶を眺めていた。

「それしかないから壊すなよ？」

「大丈夫よ。それにしても変わった石ころね。そのまま持つのが面倒なら、例えば杖にしてみる……とかだと持ち運ぶのが楽になるかも」

なるほど……。確かに水晶が先端についているような杖なら武器にも使えて持ち運びにも便利か。

考える余地がありそうだ。

「ありがとう。助かるよ……」

「ふんっ、あんたにはこれからS級の万能薬を作ってもらわないといけないんだからね。それまではせいぜい力になってあげるわよ」

「万能薬？　そういった薬があるのか？」

「えぇ、そうよ。そのS級となったらどんな病気も治すっていわれているわ。お母さんの石化病も……」

「まずは万能薬を作るための素材が必要になるな。それも併せて探さないと。それはクルシュの出番だな」

「任せてください。私がしっかり集めてみせますね」

クルシュは出番が来たと嬉しそうに頷いていた。

「そんな……。いいわよ、ものがわかったら私も手伝うから……」

「いや、採取はクルシュに任せてほしい。クルシュには採取に特化したスキルがあるからな」

「えへへっ、私も知らなかったけど、そうらしいのですよ」

「そっか……。いいスキルを持っているのね。わかったわ。それならお願いね」

「はい、任せてください！」

場が少し和《なご》んできたところで改めて俺は話を戻す。

「それじゃあ、早速クエストを行うぞ。準備はいいか？」

「えぇ、いつでも来なさい！」

「わ、私も準備できましたよ」

普段通りの格好をしたラーレと大きなリュックを背負ったクルシュ。採取したり、回復薬などを持ってくれたりしているので、必然的に荷物は多くなってしまう。

俺自身も損傷度ゼロの石の槍と木の棒を持っていることを確認した後に水晶を表示させる。

【領地称号】　弱小領地
【領地レベル】　１（4/4）［庭レベル］
『戦力』　２（3/15）
『農業』　２（0/15）
『商業』　２（2/15）
『工業』　２（14/15）

『領地レベルを上げるためのクエストに挑戦しますか？』
↓はい
　いいえ

そのまま『はい』を押すと、水晶に更に文字が表示される。

『討伐クエスト、領地を襲う魔物を撃退せよ』

ウルフ（0/10）ゴブリン（0/15）オーク（0/1）

い、意外と魔物の数が多いな……。

「どうだった？　どんなクエストが出てきたの？」

「やっぱり魔物討伐だった。それもこの領地を襲ってくるらしい。ただ、数がかなり多いな」

「どんな魔物？」

「ウルフとゴブリンとオークだ」

「……オークは厄介《やっかい》ね。でも、他の魔物なら私だけで十分よ」

ラーレが頼もしいことを言ってくれる。

「でも、無理をするなよ。怪我でもされたら俺が困るからな」

「わかったわよ。でも、オークはさすがにキツいわ。一撃でももらってしまったら私なんてひとたまりもないんだから」

オークと言えば豚面《ぶたづら》をした魔物だな。

動きは遅いけど、その一撃の破壊力は鉄製の剣程度なら壊すといわれているあのオークか。

しかも、皮膚が分厚く、生半可《なまはんか》な攻撃は通用しない……と聞く。

確かに少々分《ぶ》が悪いかもしれない。

「わかった。オークと戦うときは改めて俺がバフを使う。能力を強化してから戦ってくれ」

「任せてなさい！」

「クルシュは絶対に無理をせずに俺たちが傷ついたときに回復する役に徹してくれ」

「は、はい、頑張ります！」

クルシュはギュッと手を握りしめながら言ってくる。

「よし、それじゃあ臨戦態勢を取るぞ！」

家の外に出るとどこから魔物が襲ってくるのか、感覚を研ぎすます。

特にこういった索敵は探索士のラーレがいるので、不意を突かれることはないだろう。

「……来た！」

ラーレの視線がスライムの森の方角を向く。

それにつられて俺たちも視線を向けると猛スピードで向かってくるウルフの姿があった。

青いたてがみを持った狼。

その体は決して大きくなく、少し大きめの犬くらいだった。

違う点といえば、鋭い爪と牙を持っていること。脅威の度合いでいえばスライムよりは上……といった感じだろう。

一体くらいなら俺でも倒せそうだな。

そんな気がするが、水晶に表示されていた数字は10体だった。いくらなんでもこんなに相手にできない。

「ラーレ、あの数は大丈夫か？」

「もちろんよ。ウルフ程度なら束《たば》で襲ってきても問題ないわ」

「わかった。でも、バフは掛けておくぞ」

水晶を使い、ラーレに『鼓舞』を使う。

「うん、助かるわ。それじゃあいくわよ!!」

ラーレは短剣を抜くとものすごい速度でウルフたちへの距離を詰めていた。

とても人間の速度には見えない。これがバフの効果なのだろうか？　改めて水晶でラーレの力を調べてみる。

【名前】ラーレ
【年齢】16
【職業】探索士
【レベル】10（0/4）〔ランクD〕
『筋力』8+1（49/450）
『魔力』5+1（62/300）
『敏捷』18+2（712/950）
『体力』9+1（276/500）
【スキル】『短剣術』3+1（812/2000）『索敵』4+1（1035/2500）『気配探知』5+1（635/3000）『隠密行動』2+1（888/1500）『火魔法』1（75/1000）

数値だけを見るとそこまで上昇しているようにも見えない。

つまり、あの動きは本来のラーレの力によるところが大きい。ただ、『鼓舞』はスキルのレベルも1ずつ上げられる。これは有効に使えるな。

俺もラーレが討ち漏らしたウルフに攻撃しようと石の槍を構える。しかし、ラーレは勢いを殺さずに糸を縫《ぬ》うようにウルフたちの隙間を進んでいく。

するとなぜかウルフの動きが固まる。そして、ラーレは気がついたときには俺の隣に戻ってきていた。

「まぁ、こんなものね。私にかかれば楽勝よ！」

「えっと……？」

何をしたのだろうか？　俺からしたらラーレはウルフたちの間を縫って動いていただけに見えたのだが――。

「もうウルフは倒したわ。次を待ちましょう」

ラーレのその声を皮切りに動きが止まっていたウルフは一様にその場で倒れていく。

「嘘だろ？　全然見えなかったぞ……。いつ攻撃を加えたんだ？」

「すれ違いざまに軽く切りつけたのよ。やっぱりソーマのバフがあったら切れ味が全然違うわね」

なるほどな。

元々速度はこのくらい出ていたのか。いや、もしかすると他のスキルを組み合わせていたのかもしれない。

隠密行動をしながら高速で移動。相手に気づかれることなく致命傷を与える。ラーレが一撃で倒せる相手なら有効的だな。ゴブリンもラーレが言うには楽勝に倒せるらしい。

やはり、問題はオーク。何か有効打になる攻撃があれば――。

動きが遅いのだから俺でも攻撃を当てられる。

かなり高威力の爆発とかを――。あれっ？　少し考えていると、あるものを思い出す。

もしかすると、あの攻撃なら……。

「クルシュ、悪いけど今のうちに『いやし草』を集めておいてくれ！」

「は、はい、わかりました……。でも、こんなときに一体何を？」

「いや、むしろこのタイミングだからだ！　これが勝敗を左右する」

「わ、わかりました。すぐに探してきますね」

クルシュは慌てて周りからいやし草をかき集めていった。そんな様子を見ていたラーレが不思議そうに聞いてくる。

「何をするつもりなのよ？」

「オーク相手だとラーレの攻撃力じゃキツいんだろう？」

「えぇ、さすがに私の力じゃ、あの皮膚を傷つける程度の攻撃しかできないわ」

「だからこそ、一撃でオークを倒せる攻撃方法を使う」

「一体それはどんな攻撃なの⁉」

「全力で薬の錬金を失敗させる！　それで大爆発が起こるからうまくオークを巻き込めば……」

「なら、私はオークの足止めとその爆発前に離脱することね」

「あぁ、危険な仕事になるけど任せたぞ！」

「誰に言ってるの？　私なら余裕よ」

自信たっぷりに胸に手を当てて言ってくるラーレ。

こういうときは本当に頼りになる。あとはオークを無事に倒すだけだ。

「そろそろゴブリンが来るわよ。またバフをお願いね」

「あぁ、わかった」

俺たちはジッと周囲を警戒しながらゴブリンがやってくるのを待った。

◇◇◇

ゴブリンもウルフと同様にあっという間にラーレによって倒されてしまった。

俺はラーレが動く前にバフを掛けただけ。あとは呆然と眺めていただけだった。

これで残すところはオークだけか——。

「ソーマさん、いやし草を集めてきました」

周囲を見渡していると、クルシュが大量のいやし草を運んできてくれる。

「ありがとう、助かる」

「いえ、私にできることはこのくらいですから……」

クルシュにお礼を言うと彼女は嬉しそうに微笑んでくれる。

さて、あとは錬金で失敗した薬をオークにぶつけるだけだが……、さすがに錬金をするのはオークが近づいてきてからだな。下手に爆発音で余計な魔物を呼び寄せても困るだけだ。ただ、オークが近づいてきている割には周りが静かだった。

それを不思議に思い、ラーレに確認してみる。

「まだオークは来てないか？」

「えぇ、近くにはいないわね。まぁ、隠密行動をとるような魔物じゃないから安心するといいわ」

確かに元々鈍足な上にかなりの巨体をもつ魔物だ。さすがに近づいてきたら、気配なり音なりするはずだ。

「小休止……といった感じか。ラーレは疲れてないか？」

「まだまだ余裕よ。今すぐオークの相手をすることもできるわよ」

「それは頼もしいな。でも、だからこそ休んでおいてくれ。オーク相手だと、ラーレの力が頼りだからな」

「まぁ、そうね。わかったわ、少し休んでおくわね」

ラーレは木陰に移動すると木にもたれ掛かって座っていた。

それを見届けた後、俺はクルシュの側による。

「クルシュ、お疲れ様。いつも悪いな」

「いえ、ソーマさんのお役に立てるなら嬉しいです」

クルシュが微笑みかけてくれる。その笑顔を見ていると俺自身の疲れが飛んでいく気がした。

「あっ、お水でも飲みますか？　今入れてきますすよ」

「いや、クルシュも休んでおいてくれ。オークとの戦いは少々骨の折れることになりそうだからな。いやし草が足りなくなったら、また集めてもらうことになるかも知れない」

「わかりました。それなら今から集めて――」

「いや、今の量で十分だから休んでおいてくれ」

どうにもクルシュは働き過ぎのきらいがあるな。俺が命令してでも無理やり休ませる必要があるだろう。

それからも何かにつけて働こうとするクルシュをどうにか休ませた後、俺はいやし草の山に近づいていった。

「あの威力があれば、オークも倒せるよな。もし一撃で倒せなくても、何度か当てれば確実に――」

ただ、錬金できる数には限りがある。一応、何回できるのかいやし草の数も確認しておく。

【名前】　いやし草
【品質】　C　［雑草］
【損傷度】　0/100
【必要素材】　B級魔石（0/10）
【鍛治】　いやし草（154/20）→回復薬（C級）

いやし草が全部で154本か……。一応、七回錬金をすることができるんだな。それにしてもクルシュの能力は格別だな。俺が採取してもただの雑草だ。でも、クルシュが採取してくれると一気にD級のいやし草になるわけだもんな。

本人にも何度か説明はしたのだが、あまりすごいことと気づいていないようだった。そのことを思い出して、苦笑を浮かべてしまう。

さて、準備も終えたことだし、俺も少し休むかな。

すぐにでも錬金を行えるように準備をした後、俺もその場に座り込んだ。

ただ、先ほどの詳細に少し違和感を抱いた。何かいつもと数字が違わなかったか？　いや、数字というよりも――。

ここで錬金が失敗しても……、いや、失敗はさせるのだが、爆発してくれない結果になっても困る。

念のためにもう一度見ておこうと改めて調べる。

【名前】　いやし草
【品質】　C　［雑草］
【損傷度】　0/100
【必要素材】　B級魔石（0/10）
【鍛冶】　いやし草（154/20）→回復薬（C級）

やっぱりいやし草だな。

……って、なんで品質がC級になっているんだ!?

ようやく違和感の正体がわかったのだが、いつものと同じように集めてもらったいやし草の品質がどういうわけか上がっていた。

もしかして、クルシュの能力に変化が？　俺は近くに座っているクルシュを水晶で見てみる。

【名前】　クルシュ

【年齢】18
【職業】　メイド
【レベル】　1（0/4）［ランクE］『筋力』　1+1（19/1100）『魔力』　1+1（0/100）『敏捷』　1+1（37/100）『体力』　1+1（30/100）
【スキル】『採取』6+4（182/3500）『釣り』2+2（102/1500）『聖魔法』1+1（78/1000）

クルシュの能力は採取が1レベル上がっているくらいで、大きく変化はなかった。ただ、クルシュにも鼓舞の効果があったようで、プラスの数字が書かれている。

そこまでなら普通なのだが、『採取』の数値だけ大きく跳ね上がっている。更に『釣り』の方もプラス2上がっている。

そういえばラーレも『敏捷』のステータスが2上がっていたな。もしかすると、本人の適性次第で大きく上がるのか？　これはもっと人が増えたら判断もつくだろう。

それと品質が上がった理由も『採取』レベルが上がったから……と判断できる。

あまり上がりすぎると低品質のものが作れなくなるから少し考えものではあるが……。

まぁ、今回は爆発させるだけだから問題はないか。

しばらく休むと木をなぎ倒す音が聞こえてくる。それと同時に地響《じひび》きを感じ、身が引き締まる。

「ついに来たか……」

「私はいつでもいけるわよ」

ラーレが立ち上がると短剣を掴む。

「あぁ、一応もう一度バフを掛けておく」

ラーレに『鼓舞』を使っておくといやし草の準備をする。そして、姿を見せたオークは俺の想像通りの姿をしていた。

豚面をした魔物で、俺たちの倍はありそうな背丈と厚い脂肪、更には手に棍棒《こんぼう》（という名のただの大木）を握っており、それで障害物をなぎ倒しているようだった。

「あれがオークか」

「えぇ、そうよ。油断しないでよ！」

ラーレが俺に注意を促した後にオークに向かって走って行く。

それに対して、オークは持っている棍棒を振り下ろしてくる。

しかし、それは素早いラーレを捉えることなく、地面を抉《えぐ》っていた。

ただ、ラーレが言っていたとおり、一撃でも当たってしまうとただじゃすまないだろう。でも、避けるのは簡単そうだ。……っと、俺の方も早く準備をしないと――。

早速錬金を始めるといつもより多い種類の液体が現れる。

……ただ、今回の錬金は成功させる必要はない。出てきた液体を全部混ぜていき、そのまま力の限りかき混ぜる。そして、爆発の兆候が見えたタイミングでオークに向けて投げつける。

「ラーレ、逃げろ!!」

「……っ!!」

ラーレが慌てて距離を離すと、その瞬間にオークに薬が当たる。

ドゴォォォォォン!!

次の瞬間に前にクルシュがしたときの何倍もの大爆発が起き、オークが跡形もなく吹き飛んでいた。

あ、あれっ？　た、確かに爆発を当てれば一撃で倒せそうだ……と思っていたが、粉々に吹き飛ぶのはさすがに予想外だ。

俺が呆けているとラーレが慌てて近づいてくる。

「な、何をしたのよ!?　あの威力、上級クラスの魔法よりも強いじゃない!?」

「私が爆発させたときより強い威力……」

クルシュも近づいてきて驚きの表情をしていた。

「これほどの力があるなら最初から見せなさいよ！」

「いや、流石に俺も予想外だ。まさかここまで威力が出るとは……」

もしかすると品質が高いものの方が失敗したときのリスクも大きいのだろうか？　これはSランクの万能薬を作るときには注意しないと、領地ごと吹き飛ばすかもしれない。

「でも、これでクエストは終了だな」

しっかりクエストが終わっているか、水晶を見てみると新しい文字が表示されていた。

『クエストを達成しました。領地レベルが２に上がりました。発展させるものを一つ選んでください』

↓領地を広げる
領内の施設を強化する
新しい施設を作る
周囲に生息する魔物のレベルを上げる
周囲に存在する素材の品質を上げる
？？？（ランダムで何かが起きる）

何を発展させるかは選択制なのか。一体どれを選ぶべきか……。

俺は一つひとつの項目について真剣に考える。


『領地を広げる』

今は庭レベルしかないので、領地とは呼べない。せめて辺境の弱小領地といわれる程度にはなっておきたい。これは早めに強化しておきたいな。


『領内の施設を強化する』

今なら『古びた家』と『小さな畑』が該当するのだろうか？　畑ももっと広く大きくすることができれば、食卓に彩《いろど》りが生まれる。家の方も今は襲われたら簡単に倒壊しそうだ。こちらも早く強化したいところだ。

『新しい施設を作る』

商店や鍛冶場、他にも色々とほしい施設はある。更に畑が施設に該当するならこの領地内に鉱山とか温泉とかも作ることができるかも知れない。今は施設らしい施設がないから、早めにほしい。

『周囲に生息する魔物のレベルを上げる』

全くの論外だ。今出てくる魔物でも苦戦しているのに敵を強くしてどうするんだ。ハードモードを通り越してエクストラ難易度にでもしたいのか？

『周囲に存在する素材の品質を上げる』

これはクルシュがいるおかげで必須ではないな。ただ、ラーレとの約束もある。なるべく早めに高品質の素材を採れるようにしたい。でも、最初は万能薬を作るところから始めないとな。

『？？？（ランダムで何かが起きる）』

いつもなら迷わずにこれにする。もちろんセーブをしてから。

ただ、今回はもちろんセーブ機能はない。

一発勝負と考えると選ぶべきだろうか？　最高の結果を得る可能性もあれば、最悪の結果を引く可能性もあるわけだからな。

さて、どれを選ぶか……。

頭を捻らせているとラーレたちが近づいてくる。

「それでもう領地は増えたの？」

「……あまり変わってないようにも思えますね」

確かに俺が選択するまでは領地に変化が起きないからな。１人で考えていても決まらないだろう。

俺は２人にも相談してみることにした。

「あぁ、そのことで２人に話がある」

出てきた選択肢について２人に説明する。

「もちろん領地を広げる。これ一択よ！」

「で、でも、新しい施設も……」

「施設だけができても運営する人がいないじゃない。宝の持ち腐れよ」

確かにラーレの言うことはもっともだ。色々と書いてあるけど、どれもメリットが出てくるのは人が増えた後。まず優先すべきは人を増やすことなのだ。

ただ、これは領地を増やす……というのも同じだ。ここでいう領地というものはあくまでも『俺が自分の領地と認識する場所』ということだろう。周りの木々を切り倒し、家を作れば最悪住めなくもない。そうなると、選択肢はやはり一つになってくる。

「ランダム……か」

「さ、さすがにそれはもったいないでしょ？　ハズレを引いたらどうするの？」

「確かにそうだけど、もし運が良かったら新たな領民を獲得できるかもしれない。領地も知名度もないこんなところに来てくれる物好きはそうそういないからな」

「わ、私は物好きじゃないわよ!? でも、確かにそうかも知れないわね。領民が来てくれるならこれ以上いいことはないわね。……ところで、あんたは運は良い方なの？」

「任せろ！ こう見えてもくじの類いはことごとく外してきたほどの幸運だ！」

「はぁ……、ダメじゃない。それなら今回も外すわよ」

ラーレがため息交じりに答えてくる。確かにそういう結果になる可能性はある。

ただ、俺自身がボタンを押すタイミングを選ばなくてもいいわけだ。

「俺はただ、2人のうち運が良い方の声かけしてくれたタイミングで選択するだけだな。俺の意思は関係なく。これなら俺の運は絡んでこないんじゃないか？」

「——どういう理屈よ!?」

「仕方ないだろう？ 多分この水晶は俺しか操作できないんだから」

「うぐっ……、し、仕方ないわね。でも、それなら私はダメよ。今までろくに運が良かった試しがないから……。最近もランデンに騙されたところだから——」

「私は結構運が良いんですよ」

クルシュが手を挙げながら言ってくる。

……どうしてだろう。そんなことない気がするのだけど。

「運が良いって何かあったのか？」

「はい、実は生まれてこの方、野草を食べてもお腹を壊したことないんですよ。毎回ちゃんとした食べられるものしか取らないのです。これはものすごく運が良いって言えますよね？」

「……いや、それはクルシュが持っている採取スキルの効果だ」

思わずため息が出てくる。

クルシュも色んな職でドジをしてしまい、仕事をクビになっている。お世辞にも運が良い方ではないだろう。

「わかった……。俺が押すよ。なんとなく2人の話を聞いていると俺が一番マシな気がしてきた」

「えぇ、お願いするわ」

ラーレも同じ考えに至ったようで、俺の言葉に同意してくれる。しかし、クルシュだけは1人、不思議そうな表情を見せていた。

もう一度先ほどの選択画面を出すとその中から『？？？』にカーソルを合わす。

そして、2人の顔を見た上で選択する。すると、俺の頭上に何やら霞《かすみ》がかったものが浮かんでくる。

もしかして、何かものがもらえるパターンか!?　こういう場合、大抵が高ランクの武器……と相場が決まってるよな？　思わず期待して武器が手元に来るのを待つ。

しかし、それはまっすぐ俺の頭に落ちてくる。


ピコッ。


可愛らしい音と共に柔らかい感触を頭に受ける。俺は頭を襲ったそれを手に取る。

黄色の柄のついた赤いハンマー。ただし、おもちゃの、いわゆるピコピコハンマーというやつだ。

「って、大ハズレじゃないか!!」

思いっきり地面にピコハンをたたき付ける。

ピコッ。


その音がすごく空《むな》しいものに聞こえてくる。

やはり別のものを上げた方が良かっただろうか、と思えてしまう。ただ、何かに使えるのだろうか……と一応調べておく。

【名前】　ピコハン
【品質】　S　［神聖武器］
【損傷度】　2/100
【鍛冶】　S級魔石（0/1000）→金のピコハン
【能力】　特になし

「神聖武器？　ピコハンが？？」

まぁ、俺の水晶が生み出したもの……ということだから、あながち間違いではないのか。

おそらくこの力は俺を転生させた本人、つまり神に類するものが与えた力。

その神の能力が生み出した武器なのだから――。

でも、どうせならもっといい武器が良かった……。

俺はピコハンを拾い上げると「ピコッ、ピコッ」と音の鳴るハンマー部分を弄《もてあそ》んでいた。

ただ、俺はこのピコハンがとんでもない好機《トラブル》を運んでくることになる、ということは気づいていなかった。

◇■◇■

ソーマたちがいる国の王都、ヘルゲン。

その王都にある神殿に一つの神託《しんたく》が下された。

『ヘルゲン王国の西の辺境に神が聖なる武器をお産みになった。それは黄色い柄が付いた赤いハンマーである』

神聖武器はかつて勇者が魔王を葬《ほうむ》った武器……ともいわれる。そして、それは他国にいる勇者が持っている。勇者に値するものが現れたのか。それとも、武器だけが生み出されたのか。それはわからなかったが、とにかく神殿内は大騒動になっていた。

「今すぐ探しに行くべきだ!!」

「いや、でも辺境と言えば数多くの未開の地がある危険なところだ。そんなところに神聖武器を探しに行くなんて誰ができるんだ？」

大部屋に集まった神殿の長たちは一様に頭を悩ませていた。

「西の辺境と言えば、シュビルの町があるところじゃないのか？　それならそこの領主、ライデンに助力を頼んでは？」

「あやつが素直に力を貸してくれるはずがないだろう。もし勇者様が生まれているのなら、おそらく殺してでも奪い取ろうとしてくるはず。それでなくても、あの強欲のことだ。神聖武器を見つけたら高値で売ろうとしてくるであろう。なんとしてもあやつより早く見つけ出すのだ！」

「では、私が出向きましょう」

「おぉ、アルバン。そなたが行ってくれるか？」

一歩前に出た白銀に輝く鎧の男、アルバンが頷く。無精《ぶしょう》ひげを生やし、端《はた》から見てもかなり鍛《きた》えているると思える体つきをした神殿の騎士長。彼ならば辺境の地でも後れを取ることはないだろう。

「神聖武器だけが生み出されたのなら、それを持ち帰らせていただきます。しかし、勇者が生まれていた場合はどのような行動をすればよろしいでしょうか？」

「そうだな。勇者様の行動は神の行動に等しい。勇者様が何をなそうとされているか、それをしっかりと考えて、力になってくれ」

「はっ、かしこまりました」

アルバンは胸に手を当てて敬礼をすると大部屋を出ていき、神聖武器を鑑定できる神殿御用達の商人であるビーンに声を掛ける。そして、何人もの部下と共に辺境の地へ向かって旅立っていった。

# 第4章　神殿騎士と聖女見習い

「神聖武器……か。クルシュやラーレは何か聞いたことないか？」

家に戻ってきた俺はテーブルに突っ伏しながらピコハンを弄んでいた。


ピコッ、ピコッ。


やっぱりどう見てもただのピコハンだよな。

何か特殊な能力があるわけでもない。すごい威力を発揮するわけでもない。

本当にただのピコハンだ。

「私は聞いたことがないわね。神聖って付くくらいだから神殿とかに詳しい人の方が知ってるんだろうけど……。クルシュはどう？　何か知ってる？」

「えっ？　あっ、はい。少しでしたら――」

どこか心ここにあらずのクルシュ。

珍しいな……。何かあったのだろうか？

「大丈夫か？　魔物たちが襲ってきたばかりだもんな。少し休むか？」

「あっ、いえ、大丈夫です。ただ、神聖武器の名前が出てきたことに驚きまして……」

それからクルシュがゆっくりと教えてくれた。

「えっと、神聖武器は神様が作った武器のことで、人の世の困難を取り払うために現れる……って言われてるみたいです」

「人の世の困難か……。このピコハンがな……」

ピコッ、ピコッ。

うん、とてもそんな風には見えない。

誰かがボケ倒す未来が来るから、ツッコミまくれってことなのか？

「それにしてもクルシュは詳しいわね。もしかして神殿に勤めていたことがあるの？」

「えっと……、はい。私はメイドとして働く前は神殿に勤めていたのですよ。ただ、ちょっと大きな失敗をしてしまいまして、そこにいられなくなったんです――」

クルシュは顔を伏せて悲しそうにする。

あまり良い思い出……というわけではないのだろう。

「それで困難……とか、神聖武器の能力……とか、そういったものはわからないのか？」

「……私にはそこまではわかりません。お役に立てず申し訳ありません」

クルシュが頭を下げて謝ってくる。するとラーレがクルシュの肩を叩いて笑みを見せる。

「まぁ、気にしても仕方ないじゃない。とりあえず、すっごく強い武器ってことでしょ？」

「……ラーレにはこのピコハンが強そうに見えるのか？」

ピコハンで机を叩いてみると「ピコッ」と甲高い音が鳴る。

「えっと、まぁその……見方によっては強いんじゃないかしら？」

ラーレが視線を背けながら言ってくる。

やはりそんなこと全く思っていないんだな。実際に強くないし仕方ないが。ただ、困難に対してこの神聖武器を渡すみたいだからな。俺の困難……。今はこの領地を成長させることだな。それにこのピコハンもまだ成長させることができる。『金のピコハン』になれば特殊な能力が生まれるのかもしれない。ただ、S級魔石を1000個。

そもそもこれだけの数を集めることができるのか？　いや、確かに数は多いかも知れないけど、集め続けたらいつかは集まるな。それにいつかは使う武器なんだろう。

とりあえず今のところ使い道のないピコハンは部屋に飾っておく。

それより領地レベルだ。

今回は『？？？』を選択してしまったけど、どんどん上げて他の選択肢も選んでいきたい。

そのためにはやはり領地レベルを上げていかないとな。今の領地レベルを確認する。

【領地称号】　弱小領地
【領地レベル】　2（1/8）［庭レベル］
『戦力』　2（3/15）
『農業』　2（0/15）
『商業』　2（2/15）
『工業』　3（1/30）

いつの間にか工業のレベルが上がっている。

そして、ここまで色々と試して大体数字の上げ方はわかってきた。

まずは『戦力』。

これは主に人や家に関わることをすれば上がる。だから、今の小屋を家へと鍛えたときに上昇していった。他にもクルシュやラーレがここの領民になってくれたときにも上がっている。

次に『農業』。

これは今のところ畑のレベルを上げるしかなかった。でも、他のものの傾向から考えると、もっと違うところに畑を作ったり、あるいは家畜等を育てても成長していくかも知れない。

そして『商業』。

これはビーンから何かを購入したり、売ったりしたときに上がっている。おそらく町に商店ができて、経済が回っていくようになったら一気に成長していくだろう。

最後に『工業』。

今のところ一番成長しているのは、これだけ個人でも上げやすいからだろう。鍛冶や錬金といった能力を使えば上昇していく。そして、その上がり幅は作ったものの難易度によって変わっていく。

やはり一番上げやすいのは工業だな。クルシュにいやし草を集めてきてもらって、回復薬を作ればいいだけだ。出来上がった回復薬はビーンに売ることができるので、一石二鳥でもある。

本当なら畑も上げていきたいのだが、開拓度が2になったら、D級魔石を要求されるようになった。D級素材はまだ集めることができないからな。

「そういえば、前に襲ってきた魔物たちの魔石を集めておいたわよ。使うんでしょ？」

ラーレが大量の魔石を出してくる。

その大半はE級の魔石だったが、一つだけ綺麗なピンクに輝く魔石だけはC級の魔石だった。

「C級魔石はオークから獲れたものね。……まぁ、獲れたというよりは転がっていたのを拾っただけなんだけどね」

なるほど。やはり魔石の場合は魔物の強さに比例して品質の良いものを落としていくんだな。

それならばやはり戦力になる人を確保しておきたいな。もしくは魔石を売ってくれる人……。

まぁ、そういうときのために金を貯めておかないとな。

それともう一つ、気になるのはクルシュの『採取』スキルだな。

合計10になったとき、いやし草の品質がC級になった。

もしかすると、俺が鼓舞を使った後だと木の枝の品質もD級になるのかも知れない。

最近はあまり拾っていなかったが、少なくとも4のときは上がっていなかった。

6だと上がるのか、鼓舞を使って10にしたら上がるのか。

それとも、木の枝は『採取』が関係しないのか。それは確認したいな。

あとは……、念のためにこの領地に簡易的な罠を作りたい。

今はラーレの気配探知に頼りっきりのところがあるからな。

「ラーレは鳴子《なるこ》のようなものは作れるか？」

「鳴子？　誰、それ？」

「えっと、糸に触れたら音が鳴るやつですよね？」

もの自体はクルシュが知っているようだ。

「あぁ、そういうやつだ。さすがにまだ3人しかいないからな。いきなり襲われないようにそういった罠も必要になるかなと思ってな」

「確かにそうね。わかったわ、作ってみる――」

ラーレが飛び出していく。

えっと、作り方はわかるのか……？

不思議に思いながら、残された俺たちはお互いの顔を見て苦笑をしていた。

◇◇◇

「クルシュとこうやって2人で出かけるのも久しぶりだな」

クルシュのスキルを調査するために俺たちは木の枝を探しに来ていた。

すると、隣を歩くクルシュは嬉しそうに笑みを浮かべていた。

「そうですね。ラーレちゃんが来てからはソーマさんは付きっきりでしたもんね」

「別に他意があったわけじゃないぞ？　ラーレには色々解決しないといけないトラブルがあったから――」

「トラブル……ですか」

その言葉に反応したクルシュは俺の少し前へ進み、振り向いてくる。

「もし、私にも困ったことがある……と言ったらソーマさんは助けてくれますか？」

意味深《しん》なセリフを呟《つぶや》いてくる。その表情を見ると彼女も何か抱えていることは優にわかる。でも、それを言ってこない……ということは、まだそのときではないのだろう。だからこそ、俺が取るべき対応は――。

「お前は俺の領民だろう？　いつでも言え。全力で助けてやる」

クルシュの頭を軽く撫《な》でながら伝えると、そのまま木の枝が落ちているスライムの森へ向かって進んでいく。すると、一瞬固まっていたクルシュだが、すぐに笑みを浮かべて俺の隣に駆けてくる。

「わかりました。では、そのときはよろしくお願いしますね」


スライムの森にたどり着くとまずは俺が木の枝を拾ってみる。

ただ、結果はいつもと同じE級品質のものだった。

「次はクルシュが採ってくれるか？」

「わかりました。木の枝を拾えばいいのですよね？」

クルシュも俺と同様に木の枝を拾ってくれる。しかし、その結果も同じでE級の木の枝だった。

『採取』レベル6でもまだ品質があがらないのか。

むしろ木の枝は上がらないのだろうか？　そんな気持ちに苛《さいな》まれながらもクルシュに『鼓舞』を使う。

「これでもう一度拾ってくれるか？」

「は、はいっ……。わかりました」

再度クルシュが木の枝を拾ってきてくれる。すると、今回は品質が上昇していた。

【名前】　木の枝
【品質】　Ｄ［木材］
【損傷度】　0/100
【必要素材】　Ｃ級魔石（0/10）
【鍛冶】　Ｄ級木材（0/20）→樫《かし》の棒

これで変化した……ということは採取レベルが足りなかったということだな。でも、これで古びた家も強化できるぞ。

「ソーマさん、どうでしたか？」

「あぁ、思ってたとおりの素材だ。助かったよ」

「それは良かったです。では、もっと集めましょうか？」

「そうだな。頼んでもいいか？」

クルシュが更に木の枝を探してくれる。

その間、俺はクルシュにかかっているバフがどのくらいの時間、継続されるのかを数える。

一応重複で掛けられるかも確かはしたのだが、重複効果はなかったようだ。ただ、同じスキルだから……という可能性も捨てきれない。『激昂』が使えるタイミングで試しておきたいな。

でも、激昂は俺自身が怒りの感情を持っているときにしか使えないようで、結構使用の制限がかかってしまう。

その分、効果は『鼓舞』よりも大きいのだろうが――。

そして、クルシュが木の枝を採ってくる間に計った結果、バフが有効なのは一分程度ということがわかった。意外と短いようで、下手をすると戦闘中に効果が切れてしまう可能性もある。これは注意しておく必要があるな。途切れないように度々掛けていかないと……。

「ソーマさん、木の枝はこのくらいでよろしいでしょうか？」

鞄《かばん》一杯に木の枝を詰め込んだクルシュ。

おそらく足りなくはなってくるが、今のところはこのくらいで問題ないだろう。

これで『古びた家』の開拓度を上昇させることができる。やっぱり住みやすさって大事だもんな。

「よし、それじゃあ一旦帰るか」

「あっ……」

クルシュからさりげなく鞄を受け取ると俺たちは領地へと戻っていく。

俺の領地へと戻ってくると、その瞬間になにか糸のようなものに引っかかってしまう。

これは俺が頼んだ鳴子か？　なるほど、意外とうまくできてるな。

後はしっかり音が鳴るか……と思ったら頭の上から何かが落ちてくる。

ピコッ。

……。

思わず声を失ってしまう。

「やったー！　うまく音が鳴ったわよ！　これでいいのよね？　さすが私、ここまで天才とはね」

ラーレは自信たっぷりに胸を張っていた。

「全然違う……。これだと相手に気づかれるだろう？　なんでぶつけるんだよ」

「音を鳴らすためなんだから仕方ないでしょ？」

「でも、それだと相手に『ここに何かある』って気づかれてしまうだろう？」

「……はっ!?」

ようやくラーレも気づいてくれたようだった。

まぁ、でもなにも知らない状態でここまで作ってくれたのだから上出来だろう。

「い、今のは試作品よ。今度はもっとすごいものを作ってみせるわ」

ラーレが自信たっぷりに言ってくる。

まぁ、頑張ってくれているのだから、下手に何か言わない方がいいのだろうな。そんなことを思っていると、ラーレが仕掛けた鳴子（失敗作）が再び作動する。

この領地には現状、俺たちの他に誰もいないはず。となると、本当に怪しい人物が来たようだ。

「ラーレ、武器は持っているか？」

「もちろんよ！」

ラーレの顔を見ると彼女は自分の胸を叩いてみせる。

「クルシュは俺の側を離れるな」

「は、はい」

クルシュはどこか不安そうな表情を見せながら、頷く。

「最悪、爆発させる。一応いやし草があったら拾っておいてくれ」

「わ、わかりました」

注意を促した後、俺たちは別の鳴子の元へと向かっていった。

鳴子の先にいたのはビーンだった。

その姿を見て、俺はホッとため息を吐く。ただ、その後ろにいる護衛はいつもの人ではなかった。

やたら煌《きら》びやかな白銀の鎧に身を包んだ男性。

確かに強そうには見えるが、護衛として雇うには不思議な印象を受ける。

どこか騎士だろうか？

騎士の姿を見たクルシュがなぜか俺の後ろに隠れて、体を縮めていた。

「ソーマさん、お久しぶりです」

「久しぶりだな。今日も武器の損傷度を調べたらいいのか？」

いつも通り笑みを見せながら話しかけてくるビーン。

それでいつもの用事かと予測したが、どうやら違ったようだ。

「あっ、いいえ、今日はそうではないのですよ。こちらの神殿の騎士さんが近くで探し物をしてまして、そのお付きでございます」

「ビーンがお付き……？」

「えぇ。商人はアイテムを調べることができるのはお話ししたことがありますよね？」

なるほどな。特定のアイテムを探すときは商人を連れて行く必要があるのか。そして、アイテムを鑑定させるわけだ。損傷度は調べられないようだけど、品質くらいまではわかるようだから——。

「それで何を探しているのですか？」

「ソーマさんに言ってもわからないかもしれませんが、神聖武器を探してるんですよ」

神聖武器……って、ピコハンのことだよな？　どうして、ここに神聖武器があるってわかったんだ？　まぁ、神殿の人が相手なら隠す必要はないか。もし盗られたとしても、能力がないただのおもちゃなんだから——。

「神聖武器……ってこれのことか？」

俺はピコハンを取り出して、ビーンに見せる。

すると、騎士の男が近づいてきて、俺のことを睨《にら》み付けてくる。

「……なんだ、そのおもちゃは？　お前、私を馬鹿にしているのか？」

初めて口を開く騎士。その声は低く、どこか怒りの様子を含んでいた。

ただのピコハンだもんな。こんなものを見せられたら馬鹿にされているようにしか見えないか。

しかし、ビーンがピコハンをじっくりみた後に騎士に対して首を横に張っていた。

「どうやら本当のようです。こちらは間違いなく神聖武器です」

それを聞いた瞬間に騎士は青ざめた表情をして、慌てて頭を下げてくる。

「も、申し訳ありません。本当に神聖武器とはわからずに出過ぎた真似をしてしまいました。この罰は何なりと……」

「いや、誰にでも勘違いはあるだろう？　そんなこと気にしない」

むしろ、ピコハンを見てここまで頭を下げられることの方が気になるのだが、騎士の男はなぜか目を輝かせていた。

「まるで神のごとき心の広さ。それに神聖武器を持っていると言うことは、あなた様が勇者様ですか？」

「いや、俺はただの領主だぞ？」

「でしたら、この神聖なる武具を見つけてくださったのですね。感謝いたします」

再び頭を下げてくる騎士。

さっきまではおもちゃと言ってたのにな。

その態度の変わりように俺は苦笑しか浮かばなかった。

「見つけた……というよりは俺の能力で生みだしたものだな」

「でしたら、やはりあなた様が神に選ばれしもの……。このアルバン、あなた様にお仕えしたく思います。ぜひ末席《まっせき》にでも加えていただければありがたいのですが――」

あれっ、これって領民になってくれるってことか？　理由はわからないが、どうやら神殿はこの神聖武器を持っている人物をかなり重要視しているようだ。俺としても人手が増えることは助かる。

あとはクルシュとラーレが承諾してくれれば……だけど。

「ふーん、末席ってことはつまり私の部下ってことね。悪くない気持ちね」

ラーレは悪人みたいなことを言っている。

反対はしていない様子だな。ただ、クルシュの方は――。

「わ、私は……その……」

酷《ひど》く怯えた様子を見せていた。そういえば、神殿で大きなミスをしたと言っていたもんな。

「大丈夫だ。クルシュに手を出させるようなことはさせないから――」

「ソーマさん……、ありがとうございます……」

クルシュはホッとした様子を見せる。

ただ、こうなってくると一緒に住む……というわけにはいかないな。

「わかった。ここの領民になってもらってもいい。ただし、一つだけ条件がある。それが飲めるなら……だけどな」

「もちろんでございます。どんな条件も丁重にお受けいたします」

頭を下げたまま、アルバンが言ってくる。

「なら、極力クルシュには近づかないでくれ。どうにも神殿となにか確執《かくしつ》があるようでな。一緒に住む上でどうしても……ということはあるが、慣れるまでは我慢してもらえると助かる」

「クルシュ……といえば、以前聖女見習いだった少女ですね。もちろんでございます。あなた様がそう仰るのでしたら、なるべく距離を取らせていただきます」

「すまないな……」

「いえ、これも私に与えられた試練と思えばたやすいことです」

なんだか目が燃えているような印象を受ける。

もしかして、試練を与えられたら逆に燃えてくるという試練マニアか？

その様子に苦笑をしながら、本当に領民になっているかを確認するために水晶を取り出す。

すると、そこには文字が浮かび上がっていた。


『領民が3人になりました。開拓スキル【建築】が解放されます』


「建築……？」

表示されたその言葉を呟くと、水晶に新たな文字が浮かんでくる。

『現在建築できる建物になります。なにを建築しますか？』
↓古びた小屋
古びた家

もしかして、これって簡単に建物を作ることができるのか？　しかも、それぞれ開拓度が設定されているやつだよな？　それなら一気に開拓度の数字を上げるチャンスじゃないのか？　おっと、建築について調べるのは後からだ。今はこのアルバンがしっかり領民になっているのかを調べるのが先決だ。

俺は気を取り直して、騎士アルバンを調べてみる。

【名前】アルバン
【年齢】36
【職業】聖騎士
【レベル】20（0/4）［ランクC］
『筋力』30（759/2050）
『魔力』11（243/600）
『敏捷』5（31/300）
『体力』24（395/1250）
【スキル】『剣術』11（625/6000）『聖魔法』4（10/2500）『木工』3（53/2000）『威圧』6（5/3500）『剛剣』2（574/1500）

かなりの能力だ。

ただ、Dランクのラーレのときには、領民になってもらうのに苦労したのだが、その更に上のCランクであるアルバンがこうもあっさり仲間になっていいのだろうか？

いや、あっさりではないな。

今回に限っていえば、品質Sの神聖武器が手元にあったおかげだ。条件が整ったからこそ、今の開拓度で仲間になってくれたのだろう。

ようやく納得できた俺はアルバンに対して手を差し伸べる。

「それじゃあ、アルバン。これからもよろしく頼む」

するとアルバンはその手を取るのではなくて、そっと手を添えて膝《ひざ》をついてくる。

「はい、神の御心のままに……」

いや、俺は神じゃないんだけどな……。まぁ、神聖武器があるからこそ、そういう扱いをしているのはよくわかるけど。

俺が苦笑を浮かべていると、ビーンがニコニコと微笑みながら言ってくる。

「いやはや、ご無事に仕事が果たせて私もホッといたしましたよ」

さすがにこの空気はいたたまれなくなって、俺は話題を変える。

「そうだな。せっかくここまで来たのだから、ビーンにも買ってもらいたいものがある。いいか？」

すると、ビーンもそれがわかったのは、話に乗ってくれる。

「何でございましょうか？」

「いつもの回復薬だ」

「なるほど、かしこまりました」

その言葉だけで通じるようになってくれたのはすごく助かる。さっそく俺は回復薬を取りに行った。

◇◇◇

回復薬を売った後、ビーンとアルバンが連れてきた兵士たちが帰っていった。

何だったら兵士たちも残ってくれても良かったのだが、神殿に報告する人が必要なようだった。

「では、さっそく何なりとお申し付けください」

アルバンが俺の前で頭を垂れている。

さすがにずっとこれなので俺も困ってしまう。すると、その様子を見かねたラーレが言ってくる。

「なに、このおっさん。頭を踏《ふ》めばいいわけ？」

いやいや、いいわけないだろう……。ただ、ラーレの毒舌《どくぜつ》も久々に聞いた気がする。

知らない人が相手だとどうしてもこのようなしゃべり方になってしまうのだろう。

「えっと、その……。さすがに頭は――」

クルシュが苦笑しながら答える。

すると、アルバンがゆっくり顔を上げるとラーレをにらみ付けながら言う。

「誰がおっさんだ！　私はまだ現役だ！」

「あらっ、そうなの？　でも言われて反論するってことは自分でもおっさんだって思ってるんでしょ？」

バチバチと火花を飛ばし合う２人。その様子を見て、俺は思わずため息が吐きたくなる。

「はぁ……、２人とも、喧嘩《けんか》はしないでくれ。アルバンも俺の命令を待たなくていいから自分で考えて行動してくれ」

「かしこまりました。それがソーマ様のご要望とあれば――」

アルバンが再び頭を下げてくる。

ようやくアルバンが少し離れてくれたので、俺は建築スキルを確かめてみることにする。

先ほど出てきた画面をもう一度表示させてみる。

『現在建築できる建物になります。どちらを建築しますか？』
↓古びた小屋
古びた家

開拓度のレベルから考えると古びた小屋の方が作りやすいのだろうか？
まずは古びた小屋を選択してみる。

【名前】　古びた小屋
【必要素材】　E級木材（0/1000）
【詳細】　倒壊の危険がある古びた小屋。物置程度になら使える？

とんでもない量の木材が必要になるようだ。
なにもないところに一から建てるわけだもんな。水晶のおかげで木材だけしか使わないが、本当ならもっと色んな素材を使うわけだし、それを考えると逆にありがたいか。
ついでに家の方も見てみる。

【名前】　古びた家
【必要素材】　D級木材（154/1000）

【能力】『水回り』１（0/1000）風呂、便所、水道が使用できるようになる
【詳細】水回りがセットになった家。ただし、建物はボロボロ

あれっ？　能力の欄に『水回り』はあるものの『盗難防止』は付いていない。

これは俺の家特有の能力なのだろうか？

とにかくまずはアルバンの家づくりからか。さすがにずっと野宿をさせるわけにはいかないからな。そうなると必要な素材を集めていくしかないか。

どうせ、家にするのだから最初から『古びた家』を建築するべきだろうな。

必要な素材は俺がバフを使うかどうかの違いでしかない。俺たちの小屋の強化が遠のいていくな。

ただ、それも仕方ないだろう。それにこの建築でも開拓度は上がるはず。

よし、明日からの行動方針は決まったな。

◇◇◇

翌朝になると窓の外からザクッ、ザクッ、となにかを掘るような音が聞こえてくる。

またか……。クルシュには畑は耕す必要ないって言ったんだけどな……。

窓の外を見ると畑を耕していたのはクルシュではなくアルバンだった。

そして、その手に持っていたのは木の棒ではなくて自身の剣だった。

「あっ、ソーマ様。おはようございます。いい天気ですね」

まだ日も昇らぬうちから農作業をするアルバン。

その手つきはクルシュよりははるかに慣れたものだったが、大事な剣をそんな風に扱ってもいいのだろうか？

「おはよう、アルバン。どうしてこんなに朝早くから畑を耕しているんだ？」

「もちろん、生活していくうえで食事は欠かせないものですからな。自分で食べるものくらい自分で育てるのが当然です。畑が終わりましたら狩りにも出向いてきます。ソーマ様の分も取ってきますよ」

自信たっぷりに言ってくるアルバン。確かに彼くらいの能力があれば余裕だろう。これで食卓にまた皿が一つ増えそうだな。

「あぁ、期待してるよ」

「はい、お任せあれ。うぉぉぉぉぉ……!!」

俺の言葉に気合いが入ったアルバンは叫び声を上げながらスピードを上げて畑を耕していく。

すると、俺の隣の部屋にいるラーレが不機嫌そうな表情で窓から顔を出す。

「朝っぱらからうるさいわよ!!」

部屋にあった本を投げつけるラーレ。

相変わらず朝から騒がしいな……。

俺は苦笑をしながら2人の様子を眺めていた。


日の光が出た後、俺たちは木の枝を探しにスライムの森へとやってきた。

「ねぇ、本当におっさんを残してきて良かったの？」

ラーレが不安そうに聞いてくる。

一応アルバンと口悪く言い争っていたのも、俺の領地のことを不安に思ってから……、だったのだろう。

その心遣いを嬉しく思い、彼女の頭を軽く撫でるとラーレは顔を赤く染め、慌てふためく。

「心配してくれてありがとうな」

「ふ、ふん、べ、別にあんたの心配をしてるわけじゃないんだからね。ただ、あのおっさんが家を壊したり余計なことをしないか心配なだけよ」

「今のところは大丈夫だな。どういうわけか神聖武器を崇拝《すうはい》しているようだからな」

「それもどこまで本当かわからないわよ」

「ははは……、それならラーレがアルバンのことを注意して見ていてくれ。それなら問題ないだろう？」

「わかったわ。余計なことをしてこないように一挙手一投足まで監視してるわね」

「まぁ、ほどほどにな……」

「それで、今日は何を探すの？」

「木の枝だな。ただ、少し品質の良いものをほしい」

「枝ね……。いつもソーマがしている水晶の能力に使うの？」

ラーレが俺の水晶をのぞき込んでくる。

まぁ、今はなにも表示されていないのでただの水晶にしか見えないだろうが。

「……アルバンの家を作ろうと思ってな」

「なるほどね。確かに家は必要よね。まぁ、それが木の枝っていうのがあいつにはうってつけよね」

いや、そのまま使うわけじゃないんだけどな……。

俺はそんなラーレの姿に苦笑を浮かべてしまう。

◇◇◇

それから数日間、スライムの森で木の枝を探し続けて一週間、ようやく古びた家の素材が集まった。

【名前】古びた家
【必要素材】D級木材（1050/1000）
【能力】『水回り』1（0/1000）風呂、便所、水道が使用できるようになる。
【詳細】水回りがセットになった家。ただし、建物はボロボロ

『古びた家を建築しますか』
↓はい
いいえ

ただ、一発勝負ということを考えると少し緊張してしまう。

いつもの鍛冶とかを考えると、どう考えても作業的なことがあるのだろう。これほどの素材を使った作業、一体何をさせられるのか……。

失敗したときにまた素材集めに一週間かかることを思ったら手が止まってしまうのもわかる。

すると、隣にいたクルシュが微笑みかけてくる。

「大丈夫ですよ、ソーマさんなら――。今までも乗りきってきたのですから――」

「そうだな。ありがとう、クルシュ」

「いえ、お気になさらないでください」

クルシュに励《はげ》まされるようではダメだな。俺がもっとしっかりしないと。

気合いを入れ直して、領内のどこにアルバンの家を建てるかを考える。

「そういえば当のアルバンはどこに行ったのだろう？」

周りを見渡すと、アルバンは自分の畑の方からやってくる。少し泥に汚れた手と汗ばんだ服を見ると、今日も畑の世話をしていたのだろう。俺の畑の側に作っているアルバンの畑を……。

「ソーマ様、何か御用でしょうか？」

「アルバンの家を作ろうと思うのだが、どの場所がいい？」

「わ、私めにそんなお手間を取らせるわけにはいきません。家なら見ての通り、既にありますので問題ありません」

アルバンが指さしたのは、かろうじて雨風が凌《しの》げるように葉っぱで屋根を作っただけの寝床だった。

「って、あんた、こんなところで寝てたの!?」

ラーレが驚きの声を上げる。

「うむ、これも試練と思えばこれもたやすいものだ」

「試練って……何考えているの。普段の生活に試練もなにもないわよ。しっかり体を休めないでいざというときにどうするつもりなの！」

「むむっ……、確かにそれも一理あるな。しかし、ソーマ様のお手を煩《わずら》わせるわけには――」

「まぁ、見てなさいよ。それよりも家を建てる位置はあのボロのところでいいわよね？」

「ボロとは何だ！　あれでも私が1日掛けて――」

アルバンが口調を荒くしているが、ラーレはそれを気にすることなく、「あのボロのところでいいみたいよ」と俺に言ってくる。

その様子に苦笑をしながら俺は水晶を操作して、『建築する』を選んでいた。

俺の目の前にはたくさんの木材や釘、更に金槌といったものが広がっていた。

それも、古小屋を改修したときとは大違いで、辺りを埋め尽くすほどの量が置かれている。

更に表示されている残り時間。


『30：00：00：00』

えっと、なんだかいつもより表示が多くないか？　これって30日ってことだよな？　いや、家を一軒建てるのだ。30日じゃかなり少ないか。

「こ、これは一体……」

アルバンが驚きのあまり口を開く。

「ふふーん、これもソーマの力よ！」

なぜかラーレが胸を張って誇っていた。

「ソーマ『様』だろう？　全く口の減らない獣人はこれだから……」

「頭の固い神殿騎士よりはマシよ。ねぇ、クルシュ」

「え、あっ、はい。そうですね……」

「ははは、クルシュは私側の人間だ。なんと言っても元聖女見習いだからな」

アルバンが嬉しそうに言う。しかし、クルシュは顔を伏せてしまう。

「なによ、聖女見習いって？」

「神の御言葉を託宣《たくせん》として聞くことができる、神殿の長である。そのお方が我々を導いてくださるのだ」

「ふーん、それならクルシュこそが真の聖女ってことにならないかしら？」

ラーレがクルシュの背中に手を回すと、クルシュは驚きの表情を浮かべていた。

「ど、どういうことだ!?　そやつは神殿に置かれているご神体を掃除の途中に倒して壊したやつだぞ」

驚きの声を上げるアルバン。

なるほどな。神殿が保管してるご神体を壊したのなら、その場にいられなくなるのはよくわかる。

そして、クルシュはその後ろめたさからあまりアルバンと関わろうとしなかったのだろう。

そのことを話されたクルシュは肩を振るわせている。しかし、そんな様子にラーレはため息を吐いていた。

「だからあんたは頭が固いのよ。今、神聖武器を持っているのは誰？　ソーマでしょ。あんたたちの言葉で言うなら神の代行者……とかでいいのかしら？　まぁ、なんでもいいわ。あんたはソーマが神聖武器を手に入れたから彼を発見することができた。それでいいかしら？」

「あぁ、もちろんだ。現聖女が神託を受けて、それで探しに来たのだから――」

「でも、あんたより先にソーマといたのはクルシュよ。つまり、クルシュはご神託なんていらない。既に神の代行者はいるのだから――。そういうつもりだったのじゃないかしら？」

「はっ⁉」

アルバンは驚きの表情を浮かべ、クルシュの方を見る。

当のクルシュは必死に首を横に振っているが、ラーレは更に言葉を続ける。

「ソーマに初めて会ったのはクルシュでいいのよね？」

俺の方に確認をしてくる。

「まぁ、そうだな。俺の領民募集にいち早く反応してくれたのはクルシュだな」

「つまりはそういうことよ。クルシュはソーマに仕えるためにここに来たのよ。これが真の聖女じゃなくてなんて言うの？」

「……っ‼　も、申し訳ありません。クルシュ様。わ、私はとんでもない勘違いを――」

アルバンが必死に地面に頭をこすりつけながら謝ってくる。

するとその様子にクルシュは慌てふためいていた。

「だ、だから、それが既に勘違いなんですぅ!!　私はただ、ドジでご神体を倒してしまって壊しただけなんですから――」

「その献身的な態度、まさに聖女様にふさわしい……。これからはソーマ様同様にクルシュ様にも力を尽くさせていただきます」

アルバンがクルシュに対して頭を下げる。その様子にクルシュは目を回していた。

「と、とりあえず早く家を作ろう。俺の能力は時間制限があるからな」

既に残り時間が５分減っていた。

まぁ、今回はかなり長期戦になるので、誤差の範囲ではあるがそれでも余計な時間を使っている暇はない。

「それなら私にお任せください。ソーマ様にここまでしてもらったのですからあとは私が力を尽くさせていただきます」

アルバンが自信たっぷりに答えてくる。

確かに木工のスキルがあるから、木材を使った作業は得意なのかもしれない。

「わかった。俺たちも協力するからよろしく頼む」

アルバンが建物を作り始めたので、俺たちも協力しようとする。

手短に近くにあった木の板を持つが、それを見たアルバンは首を横に振っていた。

「私なら１人で大丈夫ですので、ソーマ様はそこで見ててください」

「でも、俺の能力には時間制限があるからな。この家は30日で完成させないといけない。流石に１

人じゃ厳しいだろう？」

「……でも、ソーマ様に手伝わせるなんて――」

アルバンが自分の頭の中で葛藤《かっとう》を繰り返していた。

しかし、ようやく決着が付いたようで申し訳なさそうに言ってくる。

「そうですね……。さすがに私１人ではその時間には間に合いませんね。申し訳ないのですが、手伝っていただいてもよろしいでしょうか？」

「あぁ、任せておけ！」

改めて木の板を持つと、やっぱりアルバンは首を横に振っていた。

「ソーマ様、まだ木の板は使いませんよ。まずは土台の基礎から作っていきますので」

「――なるほど。確かに普通ならそうか。やっぱりアルバンは詳しいんだな……」

「私の親は大工でして、昔手伝ったこととかがあるのですよ。まさかこういった場で建物を作るなんて思っていませんでしたが――」

話しながらも手を動かし続けるアルバン。その手際の良さは思わず感心してしまうほどだった。

「よし、それなら指示はアルバンが出してくれ！　俺たちはそれに合わせて作業をしていくから」

「そ、そんな……。私にはソーマ様に指示なんて……。あっ、ラーレ、その素材取ってくれ。それにクルシュ様にもとてもじゃないけど、何か頼むなんて……。ラーレ、その素材が終わったら木の板を運んでくれ」

「なんで私にばっかり言うのよ！」

ラーレが木の板で思いっきりアルバンを叩く。

「ら、ラーレ、さすがに木の板でつっこむのは危ないぞ……」

「大丈夫よ、峰打《みねう》ちだから……」

自信たっぷりに言ってくる。

いや、木に峰なんてないぞ……。

思わず苦笑を浮かべ、アルバンの様子を見てみる。

「いたたたっ、さすがの私でもちょっと痛いぞ……」

アルバンは全く効いた様子がなく、軽く頭を触ってる程度だった。

さ、さすが戦闘力に特化してる能力を持ってるだけあるな……。

「え、えっと、遊んでても大丈夫なのでしょうか？」

クルシュが心配そうに言ってくると、作業を再開した。

最初は中々俺やクルシュには指示を出してくれなかったアルバン。

ただ、慣れない手つきで危うそうに見えたのか、いつしか俺たちにも作業を教えてくれるようになり、最後にはみんなで協力して作業を行っていた。

そして、ついにアルバンの家が完成した。

【名前】　木造の家
【開拓度】　3（0/20）［戦力］
【必要素材】　C級木材（0/5）
【能力】『冷蔵庫』1（0/1000）ものを冷やすことのできる収納がある。

『水回り』1（0/1000）風呂、便所、水道が使用できるようになる。

【状況】新築の家

——ちょっと待て。俺たちのよりいい家が出来上がってしまったのだが。そうか、アルバンの木工スキルが作用してるのか。クルシュの採取のように家の出来が一段階上がったのだろう。

「えっと、本当にここが私の家でよろしいのでしょうか？」

完成した家を見て、アルバンが心配そうに聞いてくる。

「もちろんだ、これはアルバンのために作った家だからな」

「ありがとうございます。大事に使わせていただきます」

アルバンが嬉しそうに頭を下げてくる。

すると、クルシュがおどおどと手を挙げてくる。

「あ、あの……、ちょっといいですか？」

「どうかしたのか？　あっ、大丈夫だぞ。アルバンにはまだ俺たちの家には——」

「い、いえ、そちらももう大丈夫なんですけど、この家の完成とアルバンさんがこの町……、いえ、村……、えっと、領地？」

クルシュがこの領地について、どのように呼ぶか少し迷っていたようだった。

まぁ、まだ町とか村とは呼べないよな。

「領地でいいぞ」

「はい、ではアルバンさんがこの領地に来てくれた歓迎会をしたいな、と思ったのですけど、いかがでしょうか？」

　不安げに言ってくるクルシュ。

　まさかクルシュの方からそんな提案をしてくるとは思っていなかったのだが、これも一緒に家を作るという作業をしたからだろうか？　クルシュの良い傾向にホッとしつつも、驚きで動きが固まってしまっていたら、クルシュが「ダメ……でしょうか？」と再度聞いてくる。

「いや、ダメじゃないぞ！　そういえばクルシュやラーレのときも歓迎会をしていなかったな、と思ってな」

「ふ、ふん、まぁ、他ならぬクルシュの頼みなら反対する理由はないわね」

「クルシュ様が私のために……。このアルバン、感動で前が見えません……」

　アルバンが感激のあまり盛大に泣いていた。すると、それを見たクルシュは慌て始める。

「わ、私、何か変なことを言ったでしょうか？」

「いや、そんなことないぞ。むしろ俺たちだけだったら思いつかなかったことだ。よし、それじゃあ今晩は皆がこの領地に来てくれた歓迎会だ！　ご馳走《ちそう》を準備しよう。まぁ、この領地で採れるのは野菜だけだけどな……」

「……わかったわよ。それじゃあ私は魚でも釣ってくるわね」

「それなら私は肉でも取ってきますね」

「それじゃあ私は、ラーレちゃんと一緒に魚を釣りに行きます」

　こうして夜にする歓迎会のために皆で食料を集めるのだった。

　夜の歓迎会は無事……と言っていいのかはわからないが、ちゃんと終えることができた。

アルバンが取ってきた狼を丸焼きにしたり、クルシュが取ってくれた魚を焼いてくれたり、ラーレが小さい魚しか取れなかった……と落ち込んでいたり……色々なトラブルはあったが――。

それでも、メンバー同士の仲がかなり深まったような気がする。

そんな中、アルバンがふと聞いてくる。

「そういえば、ソーマ様。この領地を治めてることって、国王様に報告されていますか？」

「いや、今いる人数も人数だから、報告に出向くことともままならなくてな」

「やはりそうでしたか。それなら良かったです。私の部下に念のために国王様へ報告するように伝えておきました。神殿からの報告は流石の国も無下《むげ》にはできませんので」

「神殿って力を持ってるんだな……」

「唯一神の声を聞けると言われるのが、神殿ですからね。さすがに神に喧嘩を売る人はいませんから……」

「なるほどな。それは助かる。このまま放って置いたらいつこの国から襲われるかもしれなかったからな」

「ははっ、もしここが襲われるようなことがあれば、そのときは私が全力でお守りします故《ゆえ》、ご心配なく――」

アルバンが頼もしいことを言ってくれる。

ただ、俺自身もできることをしておかないとな。

今はとことん開拓度を上げていく。

そして、領地を強化していくしかないだろう。

◇■◇■

シュビルの町の領主邸。

そこで領主、ランデンが少し荒れた様子で執事に向けて叫んでいた。

「ぐっ、ラーレはまだ戻ってこないのか？」

「ここまで戻ってこないとなると、裏切った可能性がありますね」

「お、お前……、ラーレは裏切らない、と言っていたではないか！」

ランデンはテーブルを強めに叩く。しかし、執事は顔色を変えずに答える。

「おそらくは報酬が偽物だとバレてしまったのでしょう。それ以外、ランデン様を裏切るなんて考えられませんので――」

「……やはり一介の探索士に任せるのがダメだったんだ。次は裏切ることのない我が兵士で――」

「大丈夫でしょうか？　もし相手が国から領地の承認を受けているのだとしたら、国への裏切り行為とも取られますよ？」

「そんなことをしているわけない。そもそも人がそれほどいる地ではないのだろう？　わざわざ王都まで行く余裕すらないはずだ。それでも時間との勝負になる。今すぐに編成をしろ！」

「はっ、かしこまりました」

執事が慌てて部屋を飛び出していった。

それを見て、ようやく邪魔な相手を排除できるとランデンはニヤリ笑みを浮かべていた。

◇■◇■

歓迎会のあとは、しばらく開拓度を上げることを優先することにした。特に一番上げやすい工業を重点的に上げていく。

まぁ、上げやすい分、見返り的なものは今のところないのだが――。でも、その甲斐《かい》もあって領地レベルは3になっていた。

【領地称号】　弱小領地
【領地レベル】　2→3（0/16）［庭レベル］
『戦力』　2→4（0/25）
『農業』　2→3（6/20）
『商業』　2→3（6/20）
『工業』　3→6（6/35）

領地レベルを上げる討伐クエストもアルバンとラーレがいれば全く問題なく、むしろ俺やクルシュはただ眺めているだけで終わってしまった。

基本、領地を魔物が襲ってくるだけなので、討伐して終わり……という形になるようだ。

そして、襲ってくる魔物はボス的な魔物が一体と雑魚が多数。

今のところボス魔物の強さはＣランク級なのだが、これも一定以上領地レベルが上がると強くなっていくのだろう。そして、領地強化の選択画面だが――。

「今度こそ領地を広げるべきよ！　せめて村レベルになりましょう」

「いえ、神の声に従いましょう。『？・？・？（ランダムで何かが起きる）』を選ぶべきです！」

ラーレとアルバンが真っ向から対立していた。

「クルシュはどう思う？」

「えっと、新しい施設を作ってみませんか？　もしかしたらそれですごいものが作れるようになるのかも――」

見事に全員が別意見だな。

ただ、今回は『？・？・？（ランダムで何かが起きる）』以外のものを選んでおきたい。

他のやつがどういった効果があって、どのようなものが出てくるのか調べたいからな。

そう考えると効果がまだわかる領地を広げる方より、どんな施設が出てくるかわからない新しい施設を作るべきか。もし、使えない施設が出たとしても序盤ならまだ被害は少ない。

「クルシュ様が施設と仰るのならそれにすべきです！」

「そうね、アルバンがその施設を管理してくれるならいいわよ」

クルシュが意見を言うと皆が同意してくれ、今回は新しい施設を作ることが決まった。

何が出てくるのか……。

『新しい施設を作る』を選択するといつも通り、素材が出てくるのかと覚悟したのだが突然なにもない場所に一軒の建物が現れる。

建物自体は木造の家なのだが、煙突がつき、何かを作る施設なのだろうと予測はできる。

「これは鍛冶場ですね」

アルバンが教えてくれる。

鍛冶……か。でも、俺の場合は素材から作れるから特に必要な施設じゃないよな。

そんなことを思っていると水晶に新しい文字が表示される。

『鍛冶場ができました。鍛冶スキルが強化されました』

まさか領内に施設ができると俺のスキルが強化されるのか？　鍛冶スキルが強化されたってことは新しい武器とかが作れるようになったのか？　水晶を眺めると『建築』スキルのときと同じように作れる武器が出てくるようになった。

『現在作れる武器になります。なにを作りますか？』

↓木の棒

石の槍

鉄の短剣

白銀の剣

水晶の杖

いくつかは見たこともない武器が表示されていた。

鉄の短剣はラーレが使っていたものか？　白銀の剣はアルバンの剣のことかもしれない。

ただ、水晶の杖……。って、もしかして――。

俺は速攻で水晶の杖を選択する。

【名前】　水晶の杖
【必要素材】　水晶（1/1）＋D級木材（215/100）
【詳細】　水晶を持ち運びしやすくするために杖の形にしたもの

『水晶の杖を作りますか？』
→はい
　いいえ

素材は木材だけか……。

それならばちょうどいいかもしれないな。ただ、これって作るのに失敗したら水晶がなくなったりしない……よな？　そもそも鍛冶の場合は自分で何かする……ということはなかった。

素材さえ揃えば勝手に武器が生み出されていた。おそらく今回もそれと同じはず……。

俺は少し悩んだ末に『はい』のボタンを押していた。

すると、目の前に窪《くぼ》みができた木の棒が現れる。そして、水晶はまだ俺の手元にあった。

えっと、これを組み合わせろってことか……。

水晶を窪みに填《は》めてみるとちょうど収まってくれる。

そして、水晶の画面に新しい表示ができていた。

【名前】 水晶の杖
【品質】 D 〔武器〕
【損傷度】 ―／―
【必要素材】 C級木材 (0/100)
【能力】 魔力+1 『威圧』 1 (0/1000)

この威圧ってもしかして、スキルか？　どうやら武器の中には装備すると新しいスキルを得ることができるものがあるようだ。

「あっ、ソーマさん、ついに杖を作ったのですか？」

今更俺が鍛冶で何かを生み出しても驚かなくなったクルシュ。

まぁ、毎日目の前でポンポンと作っているわけだからそうなるよな。

「どうだ、似合うか？」

「はいっ、とってもお似合いだと思いますよ」

笑みを浮かべて答えてくれるクルシュに俺も思わず頬が緩む。

「そうだな、クルシュも何か作ってほしい武器とかあるか？」

「えっと、そうですね……。武器ではないのですけど、その、包丁とかがそろそろほしいかな……と――」

そういえば調理をするときもラーレの短剣を使うことが多かった。

すっかり抜け落ちていたが、必要なものだよな。

でも、さっきの表示には出てなかったからまだ作れないのだろうか。

『現在作れる生活用品になります。なにを作りますか？』

↓箸

皿

スプーン

フォーク

ナイフ

包丁

鍋

マジか……。

どうやら新しく強化された鍛冶スキルだと武器以外のものも作れるようだ。

ちょっと待て……。これって、他にも色んなものが作れるんじゃないか？　この世界にないような武器とかも……。例えば銃とかは――？

『工業開拓度が足りません』

どうやら銃はまだ作れないようだった。でも、工業の開拓度を上げるといつかは作れるようになるらしい。

なるほど、工業開拓度は鍛冶スキルが強化されてから作用するものだったようだ。——もしかして、他の開拓度も同様に新しい施設ができたときに作用するものがあるかも知れない。

これはやはり色々と調べていかないといけなさそうだ。

とりあえずクルシュの要望通りに包丁を作ったのだが、出来上がったのはランクEのボロボロの包丁だった

【名前】　ボロボロの包丁
【品質】　E　［生活用品］
【損傷度】　0/100
【必要素材】　E級魔石（71/5）

「えっと……、さすがにこれは使い物にはならないか……」
「そ、そうですね……」
「それなら……」

更に俺は包丁の品質を上げてみる。すると、少し切れ味は悪いものの、ちゃんとした包丁が出来上がった。

【名前】　包丁
【品質】　Ｄ　［生活用品］
【損傷度】　0/100
【必要素材】　Ｄ級魔石（0/5）

「これでどうだ？」

「ありがとうございます。大事に使わせていただきます」

クルシュは大事に包丁を抱え、嬉しそうに微笑む。

「いや、俺の方こそすっかり抜け落ちていた。何か他にいるものがあったら言ってくれ」

「わかりました。本当にありがとうございます」

何度も頭を下げてお礼を言ってくるクルシュ。

すると、そんなタイミングでラーレが大声を上げてくる。

「ソーマ、大変よ！　殺気を出した人の集団がこの領地に向かっているわ!!」

「な、何だと!?」

一体どこの誰が攻めてきたんだ？　いや、まだ攻められるとはわからないか。

「大丈夫です。私がソーマ様とクルシュ様は守ります故……」

「あぁ、頼んだ――。それでラーレ、この領地に来るまではどのくらいかかりそうだ？」

「えっと、まだ1時間ほどはかかりそう……」

ラーレが気配察知を持っていて良かったが、それでもほとんどなにもできない。

やれることは薬の錬金失敗による爆発くらいか？　いや、あれは威力が強すぎる。さすがに人相手に使うと大量に殺しかねない。

侵略するために来ている相手ならいざ知らず、まだここに来た理由がわからない以上、いきなり大量虐殺《ぎゃくさつ》は良くない。それなら――。

俺は水晶に新たな表示をさせる。

『現在作れる罠になります。なにを作りますか？』
↓落とし穴
網罠
くくり罠

よし、狙い通りいくつか罠が表示された。鍛治とはだいぶかけ離れているような気がするが――。

ただ、今はそんなことを気にしている余裕はない。あとは素材があればいいのだけど――。

幸いなことに罠に使う素材はE級の木材やクルシュが持っている糸、他にはただの土だったり、と大した素材は必要にならなかった。

それを使い、周囲にありったけの罠を仕掛けていく。

罠自体も水晶に表示された周囲の地図（おそらく半径１㎞ほど）のどこに仕掛けるかを押すだけで仕掛けられたので、かなりの数を用意することができた。

「ソーマ、急いで！　もう来るわよ！」

「ま、待ってくれ。あと少し……」

慌てた様子のラーレが急《せ》かしてくる。その様子を見る限りだとかなり近くまで来ているようだ。

突然襲われる可能性も考えて、クルシュには近くにある『いやし草』を集めてもらっておいた。

そして、アルバンにはなるべく休んでいてもらった……はずが「ソーマ様、大丈夫ですか？　私も手伝います」とそわそわしていたので、逆効果だったかもしれない。

それでも今取れる最大限の対応をしておいた。あとは、何が来てもいいように臨機応変に対応するだけだな――。

◇■◇■

ソーマの領地近くを歩いている男たち。

その手には剣や槍、杖といった武器を持ち、殺気を出しながら周りを見渡して、何かを探しているようだった。

「本当にこの辺りに現れたのか？」

「あぁ、間違いない。伝説のドラゴンを見かけたとの報告がある。やつを捕らえたら俺たちは一生遊んで暮らせるぞ！」

ドラゴンの素材はかなり効果な値がつく。それが伝説級ともなれば額が跳ね上がり、天文学的な値段を出してでも買おうとするものが現れる。

10人以上で山分けしたとしても、一生遊んで暮らせ、それでも金が余るほどの収入がある。

つまり、男たちは別にソーマの領地を狙おうとしているわけではなく、たまたま近くに現れたというドラゴンを狙っていただけだった。

「し、しかし、それほどの相手、我々だけで勝てるのか？」

「大丈夫だ。噂によると理由はわからんが、既に弱っていたらしい。そんな状態ならわざわざ人数を増やして金を分け与える理由もあるまい」

男は不敵な笑みを浮かべていた。

「それもそうだな。遊ぶ金は多いに越したことはないからな。がはは……って、うぁぁぁぁぁ……」

笑い声を上げていたはずの男は、突然叫び声を上げながらその姿を消していた。

一瞬、周りの男たちは何が起こったのかわからずに固まっていたが、すぐに慌て出す。

「わ、罠だ！　ドラゴンのやろうが転移の罠を張ってやがるぞ！」

「くそっ、転移魔法なんてどう防げばいいんだよ！」

「足元だ！　足元に注意しろ！　転移魔法が仕掛けられた地面は微妙に色が変わる……なんて噂《うわさ》を聞いたことがあるぞ！」

「おっ、確かに所々色が変わっている地面があるな。あそこに転移魔法の罠があるんだな。場所さえわかればその程度の罠、引っかかるはずが……。うわぁぁぁぁぁ……」

ジッと下を見ていたはずの男が一瞬で空に飛ばされて姿を消していた。

「地面だけじゃないぞ！　一体どこに罠が⁉」

「ま、まさか俺たちは嵌められたのか⁉　に、逃げろぉぉぉ……」

その場から逃げだす男たちが出る。しかし、その誰もが姿を消していった。

「な、なぜだ……。どうしてこんなことに……。俺たちはただ、ドラゴンを――」

その瞬間に男の目の前に白銀のドラゴンが姿を現した。

巨大な体と思わず見惚れてしまうその姿を見て、男は幻《まぼろし》を見ているような気持ちになる。

ただ、ドラゴンが咆哮《ほうこう》を上げると我に返り、その場から逃げ去った瞬間に体が突然縛《しば》られる。

「ぐっ……、お、俺を殺す気か……」

必死に抵抗しようとするが逃れきれず、何とか体を動かしてちょっとでもドラゴンから離れようとした瞬間に体が宙を舞っていた。

「くそっ……、ドラゴンになんて関わるんじゃなかった……」

◇■◇■

白銀のドラゴンも目の前に起きている現象をただ茫然《ぼうぜん》と眺めていた。

既にほぼ魔力は尽き、更には体も傷つき、今はまともに戦うこともおぼつかない。

そんな状態で殺気立った男たちに囲まれたのだから、命を落とす覚悟すらしていた。

しかし、どういうわけか自分は生きている。

かなりの数がいた男たちは、落とし穴にはまり、または網に捕まり、木の上に括《くく》り付けられたり、またある者はロープによって身動きを封じられていた。

これはどう見ても人間が仕掛けた罠だった。そして、それによって得をするのはドラゴン。

(私を助けてくれたものがいる？　一体どういう理由で？　ま、まさか、これが俗に言うドラゴンの救世主様!?)

ドラゴンは自身を助けてくれた者に興味を抱き、罠についた匂《にお》いを元にその人物を探し始めた。

◇■◇■

襲いかかってくるであろう集団を待ち構えていた俺たち。

ただ、殺気立った集団が現れると思っていたのだが、俺たちの前に現れたのは白銀のドラゴンだった。

ど、どうして、ドラゴンが？

突然現れた最強クラスの魔物に俺は動揺を隠しきれなかった。

究極の魔物。伝説の生物。最高のかませ犬。

等々と言われる最強クラスの魔物だ。

……いや、最後のは少し違うが、とにかくまともに戦うのはまずい。でも、対人用に仕掛けた罠が効くような相手ではない。薬の爆発なら……。いや、刺激をしない方がいいな。もし、爆発一回で倒しきれなかったら俺たちはあっさり全滅するだろう。

「と、いうより相手は人間じゃなかったのか!?」

小声でラーレに問いかける。すると、ラーレも慌てて答える。

「し、知らないわよ！　私が感じたのは間違いなく殺気立った人の集団だったわ！　でも今はそれも消えて――」

「あ、アルバン、ドラゴンの相手はできるか？」

「さすがの私でも勝ち目はないです。ですが、ラーレと共にソーマ様やクルシュ様が逃げる時間を確保しますので、急いで離脱を――」

剣を抜くアルバン。すると、クルシュは大慌てで叫ぶ。

「だ、ダメですよ！　アルバンさんもラーレちゃんも自分を犠牲《ぎせい》にするなんて……」

「ちょっと待って！　私は犠牲になるなんて言ってないわよ⁉」

「と、とにかく、今はあのドラゴンを刺激しないように、穏便に帰ってもらうぞ……」

冷や汗を流しながら、俺はドラゴンに声をかける。

「えっと……、ここに何か用でも？」

相手はドラゴン。

流石に返事が返ってくるとは思っていなかった。しかし、ドラゴンからは人の言葉で返事がくる。

「あなたが救世主様なのですか？」

えっと……、救世主様って誰のことだ？　もしかして聖女見習いだったクルシュのことか？　クルシュを見ると彼女は必死に首を横に振っていた。

「あなたのことですよ、救世主様……」

俺の前にくると頭を垂れてくるドラゴン。

ラーレが「本当にあんたは救世主なの？」と目で訴《うった》えかけてくるが、俺も身に覚えがないのでクルシュみたいに首を横に振っていた。

そして、今度は助けを求めるようにアルバンの方を見ると彼は感激していた。

「やはり、私のお仕えすべき人はソーマ様で間違いなかったのですね。まさかソーマ様が救世主様だったなんて……」

いやいや、そんなことあるはずないだろ!? 思わず叫びたくなるが、そこで俺は考え直す。

……ちょっと待てよ。

むしろ救世主と思われておいた方が都合が良いのではないか？ このドラゴンも救世主を殺そうとしているようには見えないからな。適当に話を合わせてさっさと帰ってもらおう。

「まぁ、仮に俺が救世主だとして、それで何の用だ？ まさか世界を救え……なんて言わないよな？」

「まさか、そんなことは言わないですよ。むしろ、お礼がしたくて……。私の命を救っていただいたのですから、あなたの望みを教えてください。私ができることでしたら叶えさせていただきますので――」

命を救った？ 俺が何かしたのか？ むしろドラゴンに会うのはこれが初めてなんだが――。

「いや、別にたいしたことはしていない。気にしなくていいから――」

……それよりもさっさとどこかに行ってくれ。

そういう意志を込めながら伝えたのだが、ドラゴンはなぜか違う考えに及んでしまう。

「謙虚《けんきょ》な人ですね――。さすがは救世主様です……」

ドラゴンが尊敬の眼差しを向けながら褒めてくる。

いやいや、そういう意味じゃない。早くどこかに行ってくれって言ってるんだ……。

ただ、直接言うのも良くないだろう。相手はドラゴン。怒らせたら俺たちは軽く殺される。だから遠回しに言ったのだが、全く気づいてもらえない。これはさっさと願いを伝えて帰ってもらった方が良さそうか。でも今の願いか……。

「今、ほしいもの……。領民だけど、流石にこれは頼めないな……。それなら他に何がいいか……」

クルシュたちに相談したつもりだったけど、それがドラゴンの耳にも入ってしまう。

「領民!!　救世主様は領民がほしいのですね。かしこまりました。では、私がこの町の領民になりましょう。えぇ、それがいいですね。それならいつでも救世主様のお役に立てますので――」

ドラゴンが納得していたが、俺はなんとも言えない気持ちになっていた。

ドラゴンが住まう領地……。

人から駆逐《くちく》されるような場所じゃないのか？　でも、何かを言う前に手遅れになってしまったようで、水晶にはドラゴンの表示がされていた。

【名前】　エーファ
【年齢】　10752
【職業】　白龍王
【レベル】　53-52（0/4）［ランクS］（呪いでランクE）
『筋力』　48-47（759/2450）
『魔力』　72-71（243/3650）

『敏捷』　38-37（31/1950）
『体力』　54-53（395/2750）
【スキル】『威圧』11（613/6000）『龍魔法』11（698/6000）『慈愛』　4（533/2500）『飛翔』15（6741/8000）『対話』3（74/2000）『斬撃』6（37/3500）『人化』1(0/1000)『時魔法』　1（0/1000）
【状態】『黒龍王の呪い』（ステータスを全て1にする）

本当に領民になっちゃった……。

って、いうか強すぎないか、このドラゴン。

いや、状態異常のせいで今のランクは落ちているのか……。

「その……、体は大丈夫なのか？　黒龍王の呪いを受けているようだけど――」

「やはり救世主様ともなると気づかれてしまうのですね……。確かに私は黒龍王との戦いに敗れて、呪いを受け、この地に逃げ延びました。しかし、いつかこの呪いを解いて、必ずやあの黒龍王に仕返しをするのです」

メラメラと闘志を燃やすドラゴンのエーファ。

ただ、そんな戦いをこの領地に持ち込まれても困るんだが――。

「まぁ、頑張ってくれ、この領地以外の場所で――。あと、その『救世主様』呼びはやめてくれないか？　さすがに慣れない」

「救世主様……じゃダメですか。それならご主人様……、主様……、マスター……。どれがよろしいでしょうか？」

どれもあまりよくないのだけど……。まぁ、ここは――。

「救世主呼びじゃなかったらどれでもいいぞ……」

「わかりました、救世……いえ、主様」

今、救世主って言いかけたよな？　取って付けたように『主』の部分だけ残してるし……。まぁ、まだ救世主様……と呼ばれるよりはマシだな。

俺は思わず苦笑を浮かべてしまう。

「あと、その姿だと大きすぎるな。もっと小さくなれないのか？　スキルの『人化』を使うとか」

今はエーファの体だけで領地の五分の一ほどが埋まってしまっている。庭ほどの広さしかないからな。もっと領地が大きくなればいいが、今だと邪魔でしかない。

「人化の術ですね。確かに使えなくはないのですけど――」

エーファは少し迷っている様子だった。

「本当はあまりしたくないのですけど、わかりました。救世主様の頼みですものね。では、少しお待ちください。今準備しますので――」

エーファは渋々といった感じに目を閉じて意識を集中していた。

すると、エーファの周りをうっすらと虹色の靄《もや》が覆っていく。

その状態で1時間ほど過ぎる。

未だにエーファは同じ体勢のままジッと瞑想《めいそう》をしていた。

なるほど……、これがやりたくなかった理由のようだ。

見た目だけとはいえ、種族が変わるんだもんな。

思わず感心して眺めているとラーレが隣に来て俺の服を掴んでくる。

「どうかしたか？」

「ほ、本当に大丈夫なの？　なんかとんでもなく強力な力を感じるのだけど……」

よく見るとラーレの体は小刻みに震えていた。

「い、いきなり爆発したりしないわよね？」

「さすがにそれはないと思うけど……、エーファ、どうなんだ？」

人化途中のエーファに話しかける。

「そ、それは大丈夫ですけど、ま、待ってください。今話しかけられると……わっ⁉」

エーファの周りを覆っていた靄が突然爆発する。

そして、俺たちはその煙で周りがなにも見えなくなってしまう。

「こほっ、こほっ……、もう、一体何なのよ……」

「ど、どうなったんだ？」

何とか手で煙を払っていく。

ただあまり効果はなく、しばらく経ちようやく煙が晴れた頃には目の前にあの大きなドラゴンはいなくなっていた。

「あれっ？　さっきドラゴンが襲ってきたのは夢だったのか？」

（ゆ、夢ではありませんよぉぉぉ……）

どこかから小さな声は聞こえてくる。

でも、その姿は見えない。

一体どこに？

首を傾げ、もう一度周りをよく見ると、俺たちの目の前に小さな少女の姿があった。腰くらいまである光り輝く白銀の髪。宝石のような深紅の瞳。俺の胸くらいの身長。どこをどうとっても初めて見る少女だった。

「って、いつまでじろじろ見ているの!?」

ラーレが俺の顔を反対へと向けてくる。

それもそのはずで少女はなにも服を着ておらず、生まれたままの姿をしていた。

そして、その少女は咳き込みながら言ってくる。

「あ、主様ぁ、突然話しかけたらダメですよぉ」

その呼び方はもしかして――。

「エーファ……なのか？」

「はい、そうでございます、主様。うぅ……、本当ならもっとちゃんとした大人の女性になるつもりだったのに……」

口だけでは信用できずにエーファの能力を確認してしまう。

【名前】　エーファ
【年齢】　10752
【職業】　白龍王
【レベル】　1（0/4）［ランクE］

『筋力』　１（0/100）
『魔力』　１（0/100）
『敏捷』　１（0/100）
『体力』　１（0/100）
【スキル】『威圧』１（0/1000）『龍魔法』１（0/1000）『飛翔』１（0/1000）

あ、あれっ？

「ちょっと待て、エーファ。その能力……」

「んっ？　あぁ……、ま、まさか……!?」

エーファが驚きの表情を浮かべる。

確かに持っている能力が全て最低ランクになったら驚くよな。

「の、呪いが解けてます!!　ま、まさか、主様。もしかして、わざとちゃんと人化をさせないことで呪いが解けるって知ってたのですか!?」

「いや、完全に偶然だし、全ての能力が下がってしまってるけど、それはいいのか？」

「はい、またコツコツ上げたら元の数字になりますよ。あぁ……、これでようやく忌ま忌ましい黒龍の呪いを解くことができました。本当にありがとうございます……」

エーファが俺に向かって抱きついてくる。すると、ラーレが間に立ってそれを防いでくる。

「まずは服を着なさーい！」

「あ、主様ぁぁぁ……」

能力の下がったエーファは簡単にラーレに引きずられて家の方へと連れて行かれた。

◇◇◇

「むぅ……ごわごわ……」

しばらくするとワンピースを着たエーファが不服そうに戻って来た。

「こんな布切れ、なくても一緒じゃない？」

「一緒じゃないわよ！」

仲睦まじく楽しそうに話しながら戻ってくる。

「……人間も変だね。あっ、主様！　主様もおかしいと思いますよね。こんな布切れ、あってもなくても変わらないですよね？」

「いや、服は大切だぞ。ただ、俺に対する話し方はラーレと同じでいいぞ？」

「そうですよね。服はとっても大切ですよね！　あと、主様にそんな無礼な話し方なんてできません！」

さりげなく話し方について言及してみたが、あっさりと断られてしまう。

するとそんなエーファの様子にラーレはため息を吐いていた。

「はぁ……、もう、どっちでもいいわよ。本当ならズボンも穿《は》かせようとしたのだけど、それは断固反対されてね。動き回るからその……見えるのに」

ラーレが疲れた表情を見せてくる。エーファに服を着せるのはそれほど重労働だったのだろう。

「わざわざありがとうな」

「気にしなくていいわ。あんな状態で放っておけないからね」

なんだかんだ口では文句を言いながらも、ラーレは面倒見がいい。ありがたいことだった。

「でも、私は疲れたから部屋で休ませてもらうわ」

ラーレが手をひらひらと振りながら家の方へと戻っていく。

その言葉を聞いて、クルシュが思い出したように聞いてくる。

「ソーマさん、その子のお部屋はどうしますか？」

「あっ、そうか。エーファの部屋が必要になるんだな……」

「私は主様と同じ部屋で構いませんよ」

「いやいや、それはダメだ！　――でも、今から新しい建物を建てる余裕はないよな？」

「ははっ……、あの材料集めは大変ですもんね……」

クルシュが乾いた笑みを見せてくる。

素材集めに1週間、建物の建築に1ヶ月。流石に今からやり始めるには時間がかかりすぎる。

野営の経験があるアルバンと違い、エーファは目を離してしまうと何をしでかすかわからない危うさがある。できれば目の届く範囲に置いておきたい。それに人の常識も通じないところがあるし――。

スカートを使ってパタパタと扇《あお》いでいるエーファ。それを見て、クルシュが慌てて止めに入っていた。

「――俺たちの家はまだ部屋が余っていたよな？」

「は、はい。今は倉庫として使っている部屋が空いていますが――」

「仕方ない。そこはエーファの部屋として、倉庫はまた別に作るしかないな」

「わかりました。では、私はそこを片付けてきますね」

クルシュが倉庫部屋の片付けへと向かっていく。

そして、数分後にものが崩れるような音とクルシュの慌て声が聞こえてくるのだった。

後に残されたのは俺とアルバンとエーファだった。ただ、アルバンとエーファは妙に話が合うようだった。どうやら俺の話題で盛り上がっているようだった。

「それでソーマ様はどのような偉業を成し遂げられたのですか？」

「命を落としそうな私を助けてくれたよ。主様の罠のおかげで、私の命を狙う者たちがことごとく葬《ほうむ》り去られて――」

「ははは。ソーマ様にかかれば命を狙おうなどという悪逆非道《あくぎゃくひどう》の輩《やから》は、ただ無情にも駆逐される定めにありますからな」

いやいや、俺にそこまでの力はないぞ。むしろそういった人間を成敗《せいばい》するのはお前たちの方が得意じゃないか……。

思わず苦笑を浮かべながらも話の内容に少し引っかかるところがあった。

俺が罠を仕掛けたのは、この領地を襲ってこようとしている集団を無力化するためだったよな？

実はそいつらが狙っていたのは俺じゃなくてエーファだった……と。そして、命を救われたエーファは俺のことを慕うようになった――。

なるほど……、そんな危機的状況を救ってしまったから吊り橋効果で俺を崇《あが》めているのか……。余計なことをしてしまったか？　いや、エーファもまぁ、領地を守る戦力としては使えるからな。

「そういえば、罠にはまったやつらはどこに行ったんだ？」

「もちろんそのままにしてきましたよ。主様の天誅《てんちゅう》を受けたのですから、そのままの姿で後悔すると良いのですよ」

「いや、さすがにずっとそのままの状態はまずいな。助けに行かないと。２人とも、ついてきてくれるか？」

「あ、主様……。あんな悪人にまで手を貸されるとは……。なんてお心の広さなんでしょう……」

エーファが目を潤ませながら感激する。

「かしこまりました。このエーファ、全力で手をお貸しいたします。では、私の背中に乗ってください」

エーファがその場でしゃがみ込む。

「……さすがに乗れるわけないだろ？」

少女の上に乗る成人男性。どう考えても犯罪臭がする。むしろそれしかしない。

「そんなことありませんよ。あんなやつらに時間をかけるのはもったいないです。ひとっ飛びで向かいましょう」

「いやいや、そういう意味じゃない。エーファ、今の体を忘れたのか？」

「体……あっ⁉」

自分の体を見て、エーファは今自分が人間の姿だったことを思い出す。しかも、少女……。

「まぁ、たいした問題はありませんよ。パッとひとっ飛びで行きましょう！」

エーファが俺の方に近づいてきて、背中に乗せようとする。

しかし、持ちあげようとしたものの、俺の体は一切動かなかった。

「あ、あれっ？」

「……お前は解呪《かいじゅ》したときに能力が全て下がっただろう？」

「そ、そうでした。そ、それじゃあ『飛行』も⁉」

エーファがその場で跳び上がる。


ぴょん、ぴょん……。


ただ子供が跳ねて遊んでいるようにしか見えない。

「えっと、今のが飛行か？」

「そ、そのようです……」

自分の力が信じられない様子のエーファ。

「まぁ、これからコツコツ鍛えていくしかないな」

「あ、主様のお役に立てずに申し訳ありません……」

「大丈夫だ、俺の領地も似たような感じから始めているからな。一緒に成長して行こう！」

俺が笑みを浮かべると、エーファは感極まって俺に飛びついてくる。

「あ、ありがとうございます、主様。このエーファ、必ずや主様のお役に立つために元の力を取り戻してみせます……」

それからは罠にはまった集団の場所へ向かいながら、エーファの今の力を確かめていた。

『威圧』!!」

必死に頬を膨らませて怖い顔をするエーファ。

「……微笑ましいな」

「それなら『龍魔法、ドラゴンフレア』!!」

小さくポンッと音が鳴る。

でも、それだけで他になにも起きなかった。

「――なにも起きない」

あまりの能力の低さにエーファは地面に手をついていた。

「い、いえ、まだです。今日から猛特訓を始めたら、きっと明日には――」

「あぁ、その意気だ！　さすがに明日は早いけどな。でも、俺もアルバンも手伝うからな」

「はっ、ソーマ様の頼みとあらばこのアルバン、全力で手をお貸しいたします！」

「よろしくお願いします……」

エーファは申し訳なさそうに頭を下げてくる。

……しかし、いくら能力が低下してたとしても、全くスキルが発動しないのはどういうことだろうか？　もしかして、スキルも持っているだけじゃダメで、発動させるための最低能力値でもあるのだろうか？　その辺りは検討していきたいな。

ちょうどエーファがその指標になってくれそうだ。

◇◇◇

罠があった場所へとたどり着く。

しかし、そこは既にもぬけの殻《から》で罠の残骸だけが残されていた。

「しっかり逃げられたようだな」

ひとまずは安心することができた。

さすがに俺の罠で全く身動きが取れずに餓死された……とかになったら夢見が悪かったからな。

「……あのまま死んでいたら良かったのに」

エーファが残念そうな顔をしていた。

まぁ、彼女も殺されかけたわけだから仕方ないだろうな。

◇■◇■

シュビルの町に冒険者から悲報が届けられたのは、領主ランデンがソーマの領地を攻めに行こうとしたまさにそのタイミングだった。

「はぁ……はぁ……、た、大変にございます」

「なんだ、今は忙しい。後にしろ」

「いえ、こちらも大変です！　ど、ドラゴンが我が領へ向かっているとのことです！」

「な、なに⁉　ど、どういうことだ⁉　詳しく教えろ」

「はっ、冒険者によるとこの近くにドラゴンが出現するという話が出ていたそうです。それで、無《む》謀《ぼう》にもそれを狩りに来たそうですが、失敗。我が領地へと向けて飛び去ったそうにございます」

「むむむっ、さ、さすがにそんな状態で兵を差し向けるわけにはいかんな。全軍に出撃命令の撤回を。あとはそのままこの領地の護衛に付かせろ！」

「はっ、かしこまりました」

ランデンは悔しさのあまり、唇を噛みしめていた。

こうして、ソーマの知らないところで領地の危機がまた回避されていたのだった。

◇■◇■

領地に戻ってきた俺は自室で今の領地の状況についてまとめ直すことにした。

まずは現在の領地レベル。

【領地称号】　弱小領地
【領地レベル】　3（1/16）［庭レベル］
『戦力』　4（1/25）
『農業』　3（6/20）
『商業』　3（6/20）

『工業』　7（14/40）

まだ弱小の域を出ないものの、ずいぶんと能力を強化することができた。それと今回は新しいことがわかった。

新しい施設を作ると俺自身が作れるものも増えていく。『辺境領主』の効果の一つなのだろうが、領地内で作れるものは俺も作れる……ということなのだろう。

ただ、今のところ、作れるもののほとんどが見たことのあるものばかりだった。これはおそらく『工業』のレベルに関係するのだろう。もっとレベルを上げれば知らないものも作れるようになっていく。

そして、この『工業』の開拓度を上昇させるにはひたすらものを作れば良かった。

E級品質のものを作れば［1］上昇する。
D級品質のものを作れば［2］上昇する。

今作れるのはここまでだが、おそらく更に上のものが作れるようになると上昇速度は更に増していくだろう。

それにこの領地に採取の達人たるクルシュがいる。当面は開拓度レベルを上げるために『工業』スキルを上げていくことになる。

それと、今のところは俺しか作っていないが、おそらく新しくできた施設で他の人が何かを作ってもこの数値も上昇するだろう。

これはアルバンが畑を作ったときに『農業』スキルが上昇したのと同じ……と考えられる。

ただ、この領地にはまだ鍛冶系のスキルを持っている人間はいない。今のところ試しようがないので、あくまでも推察の域をでないが。


次に畑だ。

これはD級の魔石が手に入らないので、今は上げることができない。

ある程度エーファの力が戻ったら、周囲の魔物を狩っていってもいいかもしれない。

それにどんな魔物がどの魔石を持っているかは調べておく必要があるからな。今のところわかっているのはこれだけだった。

スライム、ウルフ、ゴブリン↓E級魔石
オーク↓C級魔石

E級の魔石はスライムの森にいる魔物から手に入れることができるが、オークはまだ領地レベルを上げるときのボスとしてしか見たことがない。

生息地を調べて、魔石を集められる状態にしておくのは開拓度を上げるのに必要だ。

ただ、それとは別に『農業』のレベルを上げる方法が見つかった。

これはアルバンのお手柄だ。

実際に領地内に畑を自分の手で作れば良いだけだった。ただ、これにも落とし穴がある。

あくまでも『領地内』に畑を作らないといけない。

既に俺の領地はほとんど空きがない状態なので、次に領地レベルを上げて領地を増やすまでは畑を作ることはできないだろう。

【名前】　荒れた畑
【開拓度】　2（0/10）［農業］
【必要素材】　D級魔石（0/3）
【状況】　キュウリ（0/7）トマト（0/7）キャベツ（0/7）ニンジン（0/4）

今はこの状態の畑が二つある状況だ。

まぁ、採れる野菜の量的には全く問題ないので、今のところ無理に上げる必要はなかった。


次に『戦力』。

これは主に領地内にある建物や領民のことを指すのだろう。特に面白いのはこの戦力レベルが現在4で今この領地にいるのが、クルシュ、ラーレ、アルバン、エーファの4人。

もしかすると、この『戦力』レベルは領民にできる最大人数を表しているのかも知れない。

確かにクルシュとラーレのときは2だった。アルバンのときは確認していなかったが、エーファのときは4。これを確認する方法は次に5になったときに誰かが仲間になるか、それを調べたらいいだけだ。

ただ、これは逆のことも言える。今俺の領地に誘える人数は最大で４人。これ以上は今のままだと誰も来てくれない。領地を広げていく上では人手はいくらあっても足りない。

この数字は無理をしてでも上げていく必要があるだろう。また、領地に来てくれる人の能力は特に決まっているわけではないのだろう。いきなりＳランク級の人が来る可能性もあればずっとＥランクの人しか来ない可能性もある。

ただ、ランクが高い人ほどいくつかの条件を満たさないと仲間になってくれない。

Ｄランクであるラーレの場合だったら、Ｓランク級の薬を作る約束。

Ｃランクであるアルバンの場合だったら、Ｓランク級の神聖武器の所持。

これがＢランクとかＡランクになってくると実際にＳランク級のものを渡す必要が出てきそうだな。

そして、Ｓランクのエーファ。

彼女の場合は命を救うことと彼女自身が能力値最低のＥランクになっていることが仲間になる条件だったのだろうと予測できる。

実質Ｅランク扱い……と思っておいていいか。

そこまで考えるとあまり高ランクの人ばかり来てしまう……というのも考えものなのかも知れない。

そして、『戦力』を上げる方法は建物の強化なのだが、これも上げるのに手間取っている。

【名前】　木造の家
【開拓度】　3（0/20）［戦力］
【必要素材】　C級木材（0/5）
【能力】『盗難防止』1（0/1000）家に入れられたものは盗むことができなくなる。［家の鍵を閉めたとき限定］『冷蔵庫』1（3/1000）ものを冷やすことのできる収納がある。
『水回り』2（246/2000）風呂、便所、水道が使用できるようになる。
【状況】新築の家

これが今俺たちが住んでいる家なのだが、次に必要な素材がC級木材だった。

今俺たちが採取できるのはD級までなので、これもどこに落ちているのか調べるところから始めないといけない。もしくは新しく家を建てていくか……。でも、日数がかかる。一軒建てるのに1ヶ月以上。さすがにすぐに『戦力』を上げることはできないだろう。ちょっとずつ、時間を掛けていくしかない。


最後に『商業』。

今までの効果を考える限りだとこれを上げると買える商品の品数が増えるはず。

ただ、俺たちがものを買おうとしたら行商に来てくれるビーンに頼むより他なかった。

ほしいものがあれば直接頼むし、今のところビーンにはものを売るのと求人を出してもらう方がメインで購入するのはほとんどなく、実感が一番少ない項目だろう。数字を上げるにはものを売り買いすればいい。おそらくそれだけではなく、領地に商店とかができれば、それでも上昇するだろう。

そして、今一番効果が実感しにくい項目でもある。

おそらく鍛冶スキルと同様で、新しい施設を作ったときに何らかの効果が発揮されるのだろう。

つまり、今することは鍛冶スキルを鍛えつつ、エーファの特訓だな。

あとは、クルシュには木材集めを。アルバンには建築を進めてもらって、ラーレは……俺たちの特訓に付き合ってもらうか。方針を決めるとぼんやりとピコハンを眺める。

神聖武器……か。一体どんな効果を発揮するのだろうな。世の中の困難を払う――。

パッと印象に浮かぶのは魔王を倒す聖剣とかだ。

しかし、ピコハンを持って魔王と向かい合う姿は想像したくない。

俺は領主なのだから、この領地の発展をまず第一に考えるべきだな。

「まぁ、これに関しては今のところ考えても仕方ないな。Sランクの魔石なんてそうそう集めることができないだろうし」

あとは俺も含めて、全員の能力値上昇も考えていかないとな。

その辺りがどう成長していくかはまだ情報が少ないわけだし。

# 第5章　万能薬

翌朝から俺たちはエーファの特訓に付き合うことになった。

まずはスキルを使うための最低能力が足りていない……という前提で能力値を上げていってもらう。

特に元々の数値を見ていた俺は、エーファが魔力寄りの能力をしていたことを覚えているので、まずはそれから上げていってもらう。

「アルバン、魔力を上昇させるにはどんな特訓方法があるんだ？　魔法を実際に使う以外に――」

「そうですね。魔道書を実際に読む……とかでしょうか？」

「魔道書か……。それならビーンに頼んで買うしかないだろうな」

「私ので良ければ一冊ありますよ」

アルバンが本を一冊渡してくる。もちろんそこに書かれている文字は俺には読めないが。ただ、中に描かれた模様とかを見ていると賢く慣れる気がした。

「ありがとう、アルバン。助かるよ」

「いえ、ソーマ様のお力に慣れるなら、このアルバン、何よりの幸せにございます」

アルバンは軽く頭を下げてくる。

本当にこういうことはアルバンが詳しいので助かるな。元々の能力も（エーファを抜いて）一番強いだけある。

早速、魔道書をエーファに持っていくことにする。

エーファの部屋へと向かう。一応念のために扉をノックすると、中から声が聞こえてくる。

「誰ですか？」

「俺だ。ソーマだ」

「あ、主様ですか!?　しょ、少々お待ちください……。今部屋を片付けますので――」

中からドタドタ……と大慌てで部屋を片付ける音が聞こえてくる。

「はぁ……、はぁ……、ど、どうぞ、お待たせいたしました」

「そんなに片付けなくても良かったんだぞ？」

「い、いえ、主様を汚い部屋になんか入れることはできませんので――」

「元々、この家がボロ小屋だったときから住んでいるからな。そんなこと気にしなくていい」

「いえ、そういうわけには――」

まぁ、エーファのこだわりなら仕方ないか。

これ以上は押し問答になってしまいそうなので話を切り上げる。

「それでエーファは何をしていたんだ？」

「えっと、ぼんやりと――」

「その割には色んなものを出していたんだな」

「そ、そんなことないですよ……」

エーファが苦笑を浮かべる。

「一応こんな本を持ってきたんだ。アルバンの私物だけど、エーファの能力を戻すのに使えるかと思ってな」

魔道書をエーファに渡す。すると、彼女は渋い顔を見せてくる。

「えっと、この本はなんでしょうか？」

「あぁ、これは魔道書だ。読むとおそらく魔力のステータスが上がる……はずだ」

「ま、魔力なら龍魔法を使い続けたら上がっていきますので大丈夫です――」

どこかエーファは慌てていた。

「もしかして、本を読むのが苦手なのか？」

「そ、その……、はい。じっと一つのことを集中するのはどうしても苦手で――」

「ただ、少しでも早くエーファの能力を戻すためだ。我慢してくれないか？」

「そ、それならこうやって魔法を使い続けたら大丈夫ですよ」

エーファは目の前で龍魔法を使ってくれる。

しかし、それは目の前で「ポンッ」と軽い音を鳴らすだけで、それ以上のことは起きなかった。

「こ、こうやって使い続けたらいつか使えるはずですから――」

本当に大丈夫なのだろうか？　少し心配に思いながらエーファの能力を調べてみる。

【名前】　エーファ
【年齢】　10752
【職業】　白龍王
【レベル】　1（1/4）［ランクE］

『筋力』　１（20/100）
『魔力』　２（6/160）
『敏捷』　１（5/100）
『体力』　１（51/100）
【スキル】『威圧』１（51/1000）『龍魔法』１（166/1000）『飛翔』１（20/1000）

いつの間にかエーファの魔力が１上がっていた。

そう簡単に上がるものではないので、本当に１日中魔力を上げるために魔法を使い続けたのじゃないだろうか？　これならこのままエーファは任せておいていいかもしれない。

すぐに龍魔法を含めて、他の魔法も使えるようになってくれるだろう。

「わかったよ。それじゃあ上げ方は任せる。ただ、無理はするなよ。時間はまだある。のんびり上げていくといい」

「はいっ、わかりました！」

さて、エーファがこの調子で能力を上げていってくれるなら俺は特になにも気にしなくていいだろう。ただ一つレベルを上げただけじゃ龍魔法は使えない……か。一体いつになったら使えるようになるのだろうな。

それからしばらくエーファの特訓を眺めていた。

確かにエーファが言っていた通り、ポンッポンッ、と音を鳴らすだけで魔力が上昇していった。

それとエーファが部屋を散らかした理由もわかった。

龍魔法はそのほとんどが軽く音が鳴るだけなのだが、ほんのたまに小さな爆発が起きていた。

そして、その衝撃で部屋のものが崩れてきて、部屋が散らかってしまった。

その都度エーファは申し訳なさそうな顔をしていた。

「いや、気にするな。部屋の中でずっと魔法を使っていたらこんなこともある。ただ、本格的に龍魔法が成功するようになったら部屋では使わないでくれよ」

なんとなく家が吹き飛ぶ未来が見えて思わず身震いしてしまう。

「わかりました。そのときは家の外で使うようにしますね」

そんなことを言いながら龍魔法を放つエーファ。

ずっと魔法を使っていたからか、魔力レベルは4まで上がっていた。

レベルが上がった時点で止めておくべきだった……と、俺は後々ながら後悔した。

そんな俺たちの目の前は大穴が空き、外が丸見えになっている。

「え、エーファさん、大丈夫ですか⁉」

扉をクルシュが必死に叩いて聞いてくる。そのすぐ後からラーレの声も聞こえてくる。

「ちょっと、なにやってるのよ！　怪我なんてしてないでしょうね‼」

「あ、あぁ、大丈夫だ……。ちょっとエーファの魔法が発動してしまっただけだ……」

扉を開けるとクルシュもラーレも穴の空いた壁を見て、大きく目を見開いていた。

「全く、なにやっているのよ……。部屋で魔法なんて使うからよ……」

「そ、そうだよね……。うん、次から気をつける……」

ずっとポンポン言っていただけだからまさかエーファも成功するなんて思っていなかったのだろ

う。ただ、これ一発はまぐれで成功しただけかも知れない。

一応もう一度試してもらうことにする。

「エーファ、念のためにあの空いた壁にもう一度魔法を使ってくれるか？」

「わかりました、主様」

「ちょっ⁉　何考えているのよ‼　既にこの部屋の壁、壊れてるじゃない⁉」

慌てるラーレをよそにエーファは再び龍魔法を使う。すると予想通りに龍魔法は発動するようになっていた。やはり発動条件が魔力4以上だったのだろう。

これならラーレも戦力として数えることができる。

再び爆発が起こり、魔法を発動させた方の壁が完全になくなってしまったが、そのおかげで龍魔法は1レベルでもかなりの威力を発揮することがわかった。

さて、あとは——。

「この壁をどうしようか……」

壁をぼんやりと眺めていると、水晶に新しい表示が浮かび上がっていることに気づく。

『壁の一部が破壊されました。修復しますか？　(D級木材115/100)』

↓はい
いいえ
あっ、水晶の力で修復できるのか。それならここは迷わずに修復だな。

俺はそのまま『はい』のボタンを押すと、いつものことながらその場にたくさんの木材や釘が飛び出してくる。

もちろん家の外に積まれる……なんてことはなくエーファの部屋の中に――。

しまった、と思ったタイミングには既に手遅れだった。

「あははっ……」

部屋の惨状を見て、ただただ乾いた笑いしか出てこなかった。

「……全くもう。ほらっ、さっさと直してしまいましょう。クルシュはおっさんを呼んできて」

「えっ、あっ、はい。わかりました。すぐに呼んできますね」

クルシュは慌てて外へ出て行った。

「それじゃあ私たちは先に進めておきましょう。えっと、何をすればいいの？」

「多分だけど、この木の板を壁に打ち付けたらいいんだと思う」

「わかったわ。それじゃあ、早速やっていきましょう」

それから俺たちは壁に木の板を打ち付けていった。不格好ながらも隙間風が吹かないように密に
……。するとしばらくしたらアルバンがやってくる。助かった。これでなんとか――。

アルバンの顔を見て、俺はホッとしたものの、彼は現状の大穴が空いた壁を見て、そのまま卒倒《そっとう》
してしまった。

「あ、アルバン!?」

俺は慌ててアルバンに駆け寄る。

すると、彼はうわごとのように「新品の家が……新品の家が……」とうなされていた。

建築をメインに活動してくれているアルバンからしたら、今の惨状は考えられないものなのだろう。

「ど、どうしましょう……。このままだとアルバンさんが――」

クルシュがその場で慌てふためいていた。

「クルシュ、倉庫の方から回復薬を取ってきてくれ」

「あっ、はい。わかりました！」

クルシュは再び部屋を飛び出していく。その間に俺はアルバンの様子を見ておく。

「あ、主様。私はいかがしましょうか？」

「エーファは壁を頼む。ラーレも協力して。アルバンは俺の部屋に運んでおく」

「わ、わかったわ。でも、この量を私たち2人じゃ無理だから、早く戻ってきなさいよ！」

「あぁ、もちろんだ」

俺は何とかアルバンを担ぐと、そのままゆっくりと俺の部屋へ運んでいった。

「うぅん……。はっ、な、何が起きて――？」

しばらくするとアルバンが飛び起きるように目覚めていた。

「意識が戻ったか、アルバン？」

「そ、ソーマ様⁉　わ、私はどうしてこのような場所に？　なんだか、とんでもない悪夢を見ていた気がします……」

「お前は倒れたんだ……。壁に空いた大穴を見てな」

「大穴……」

アルバンが先ほどの様子を思い出そうとする。

「お、思い出せません……。何やら悪夢のような光景は見た覚えがあるのですけど……。心血注いで作った建物がものの数秒で壊されてしまうような――」

いや、それで合ってるんだけどな……。

俺は苦笑を浮かべる以上のことはできなかった。

「そ、それより、もう体は大丈夫なのか？」

「えぇ、ソーマ様のおかげでもう大丈夫にございます。今すぐにでも新しい建物を建築できる所存《しょぞん》でございます」

「あぁ、まだダメみたいだな。主に頭が――」

確かに建築を頼んでいるもののアルバンの本職は聖騎士だ。

それがまるで大工のようなことを言ってる、ということはまだ混乱が見られると言うことに他ならなかった。

「はぁ……、はぁ……、ソーマ様！　お薬を持ってきました！」

慌てた様子のクルシュが戻ってくる。

「よし、早速それをアルバンに――」

回復薬は飲み薬なので、飲ませてくれって言うつもりだった。

ただ、クルシュはなにを思ったのかそれをアルバンに向けて放り投げていた。

いや、足を滑らせて、投げてしまっただけか……。

結果はどうであれ、回復薬はそのままアルバンの方へと飛んでいき、アルバンに当たると同時に瓶が破裂し、その回復薬がかかっていた。

ポタポタと水が滴る良いおっさん……。

なんてことを一瞬考えてしまったが、相手はまだ意識もはっきりとしていない、怪我人だ。さすがにこれはまずい……。

「あ、アルバン。大丈夫か……?」

「はい、ソーマ様。このくらいで朦朧《もうろう》とするアルバンではありませぬ。この程度、蚊《か》ほども効きません故ご心配なく――」

アルバンは大きい笑い声を上げたので、少しだけホッとしていた。

「まぁ、無理だけはするなよ。今お前に倒れられたら――」

「そ、ソーマ様……」

目を潤ませて感動を露わにしているアルバン。

「今お前に倒れられたら質の良い建物が建築できなくなるからな」

「も、もちろんにございます。このアルバン、ソーマ様の期待通り、すぐに傷を治して戻ってまいります」

「あ、あぁ……、頼んだ……」

まさか普通に反応されてしまうとこちらとしても困ってしまう。

しかし、アルバンはホクホク顔ですごく嬉しそうにしていたので、これはこれで良かったのだろうと思うことにした。

アルバンの調子が戻ったのを確認した後、俺はラーレたちの下へと戻っていた。

すると、ラーレとエーファが必死に木材を運んでいるようだった。

ただ、釘までは打てないようで、そこで完全に手が止まっているようだった。

そこで戻ってきた俺は2人に謝って作業に加わる。

「すまない。　もう大丈夫だ。続きをしようか」

「もう、遅いわよ！　さっさと始めましょう」

ラーレは口で怒りながらも、その表情はホッとしていた。

「あ、主様にそんなお仕事をさせるわけには――。ここは私とラーレにお任せください」

エーファが俺の代わりに作業をしようとする。

すると、ラーレが頬を膨らませて驚いていた。

「だから、2人でやってても進まなかったんでしょ⁉」

その2人の様子に苦笑を浮かべてしまう。

「大丈夫だ、ちゃんと手伝うからな」

「も、申し訳ありません。主様にこのようなお手を煩《わずら》わせてしまい――」

「気にするな。それよりも一気に片付けていくぞ！」

俺たちはそれから黙々と壁を補修していった。

そして、しばらくすると何とか壁の補修が終わっていた。

「はぁ……、はぁ……、何とか終わったな……」

不格好ながらも何とか隙間風は吹かなくなった壁を見て、俺は額の汗を拭っていた。

「えぇ、本当に何とか終わったわね」

ラーレもどこかホッとした様子だった。

もちろんエーファも安心して――。

「よし、それじゃあ、記念にもう一度吹き飛ばして――」

「って、やめろ！」

まさかのもう一度魔法を放とうとしていた。

「じょ、冗談ですよ。主様……。わ、私がそんなことするはずないですよ……」

エーファは苦笑を浮かべているが、とても冗談だったように聞こえない。

でも、ようやく直せたんだな……。

本当に良かった……。

そんなことを思いながら水晶を見てみる。

【領地称号】　弱小領地
【領地レベル】　3（1/16）［庭レベル］
『戦力』　4（3/25）
『農業』　3（6/20）
『商業』　3（6/20）
『工業』　7（14/40）

あれっ？　戦力の数値が伸びていないか？　もしかして、壊してそれを補修しても数値が上昇するのか。

――意外と上げるのが大変な項目なんだよな。今は家が増築できないし、新しい家を作るわけにも行かないし――。

「よし、エーファ。もう一発、景気よくいって――」

「って、そんなのダメに決まってるでしょ!!」

ラーレに思いっきりピコハンで叩かれてしまう。

「わかりました。主様が仰るのなら思いっきり――」

「って、あんたもそんな命令を聞かなくていいわよ!!」

ラーレはエーファに対してもピコハンで叩いていた。

建物を壊して、戦力を上げる上昇方法は一旦保留になってしまった。

良い案だと思ったのだが、やはり今住んでいるところだから……というので抵抗があるようだ。

それならば、壊す用の建物を急遽準備すれば解決するだろう。

そういうことで、朝からクルシュには木の枝の採取に向かってもらった。

今回は品質を気にする必要がないので、クルシュ１人で問題ないわけだし――。

そして、俺は鍛冶に取りかかっていた。

まだ鍛冶で作っていないものがあったから――。

『鉄の短剣』と『白銀の剣』。

ラーレとアルバンの武器なのだが、武器に損傷度が設定されている以上、いつかは壊れてしまう。

そうなると新しい武器を買うのにかなりの金がかかってしまう。
自分で作れるならそれに越したことはないだろう。
そんなことを思いながら鍛冶の画面を開いてみる。

【名前】　鉄の短剣
【必要素材】　D級石材（20/15）＋D級木材（15/10）
【詳細】　鉄製の短剣。切れ味はそこまで良くない

『鉄の短剣を作りますか？』
↓はい
いいえ

よし、これは作ることができるようだ。
なら、早速作っておくか。
俺は『はい』のボタンを押すと、目の前には完成品の短剣が出来上がった。
次に白銀の剣を見てみる。

【名前】　白銀の剣
【必要素材】　B級石材（0/30）＋B級木材（0/10）

【詳細】　白銀製の剣。鋭い切れ味で刃こぼれしにくい

『素材が足りません』


まぁ、そうなるよな。

むしろ鉄の短剣が素材集めなしで作れたことの方が驚きだった。

「あらっ、また何か作ったの？」

一通りの鍛治を終えるとラーレが興味深そうに聞いてくる。

「あぁ、ラーレの武器を作ってたんだ。これ、使うよな？」

ラーレに向けて短剣を差し出すと彼女は驚きの表情をする。

「ほ、本当にいいの？」

「あぁ、もちろんだろう？　ラーレのおかげで俺たちはずいぶん助かってるからな」

「うん、わかったわ。大事に使わせてもらうからね」

ラーレは笑みを見せてくる。

「それじゃあ作れるものも作ったし、そろそろ新しい場所を見にいくか」

「新しい場所？」

「あぁ、今行けるスライムの森。その更に奥を目指してみようと思う。ラーレの万能薬も作る約束だもんな」

「えっと、自分から頼んでおいてなんだけど、本当に良かったの？　S級万能薬なんて、かなり高

価な代物よ。そんなものを作ってくれる約束をしてもらうなんて……」

「はぁ……、今更何を言ってるんだ？　そんなの当然だろう？　仲間のためなんだぞ？」

「あははっ……、そうだったわね。わかったわ、私もその素材採取、全力で力を貸すわ！」

「あぁ、よろしく頼むな」


鍛冶を終えた後、俺たちは探索に向かうためにアルバンとエーファを探しに来ていた。

すると、2人は何やらにらみ合っていた。

そんな2人の様子を見て、ラーレは慌てて俺の服を引っ張ってくる。

ただ、あの2人が喧嘩をするとは思えない。

そう考えると——。

「た、大変よ、ソーマ。2人が喧嘩を——」

「いや、あれは特訓をしてるだけじゃないのか？」

剣を構えるアルバン。

それに対してエーファが龍魔法を放っていた。

圧縮された空気砲のようなものがエーファの手から飛び出すと、それが触れた瞬間に爆発を引き起こしていた。

アルバンはその空気砲を簡単に剣ではじいているものの、その表情は少し険しいものだった。

「中々やりますね。さすがはソーマ様の力を見抜かれた方だけあります」

「あなたも中々やるね。主様が認めているだけあるね」

最終的にはお互いが手を握り合って認めあっていた。

まぁ、アルバンが攻撃を一方的に受けていた……とはいえ、良い勝負ができるほどに龍魔法は強力なようだ。

部屋の壁を一撃で壊したし、これは能力値は依然として低いエーファだが、案外戦力として期待できるかも知れない。

「おや、これはソーマ様。どうかされましたか？」

俺の姿に気づいたアルバンが駆け寄ってきて聞いてくる。

その瞳はまるで「一緒に連れて行ってください」と訴えかけているようで、さながら子犬のように思えてきた。

「あぁ、これから探索する場所を広げようと思ったんだが、時間はあるか？」

「もちろんにございます。なくても無理やり作ります！」

必死に頷いてくるアルバン。

まぁ、アルバンならそう言ってくれるよな。

あとは、エーファだが——。

「あ、主様……、私も一緒に行ってもよろしいでしょうか？」

おいていかれるのでは……と、エーファの方から不安そうに聞いてくる。

「もちろん一緒に来てもらうつもりだけど、いいのか？」

「は、はいっ!!」

エーファは満面の笑みを見せてくる。

むしろ喜びたいのは俺の方なんだけどな……。

「よし、それじゃあ早速行くか！」

俺たちはスライムの森の先にあるまだ見ぬ場所へ向かって進んでいった。

スライムの森にたどり着くと早速エーファとアルバンが周りに現れた魔物を蹴散《けち》らしてくれる。

「スライム程度だと私の敵ではないね」

「ソーマ様のお手を煩わせるわけにもいきません。そこで見ておいてください。ラーレはいくぞ！」

ラーレはため息交じりに答える。

「全く、相変わらず人使いが荒いわね」

「すまんな。俺も手伝うから……」

「いいわよ。余計なことをしなくてもあんたは見ていた方が早いのよ。その代わりにバフだけはお願いね」

「そうだな。わかった……」

俺が鼓舞のスキルを使うと三人は軽く捻るようにスライムを倒していった。

そして、落ちた魔石を俺が回収していく。

E級魔石なのだが、かなりの量を集めることができた。

そして、しばらく森の奥へと進んでいくとだんだん出てくる魔物が変わっていく。

スライムがゴブリンに変わり、ウルフになり、そして、今俺たちの目の前にはゴブリンメイジがいた。

いや、さっきまでいた……というのが正しいかも知れない。

それもそのはずでやたら気合いが入っているアルバンとエーファの前にそれらの魔物は一瞬で魔石に姿を変えていた。

えっと、落としてるのがD級の魔石に変わってるんだけど……。

先ほどまでと変わらないペースで2人は魔物を倒していく。

「主様、私の力を見ていてください」

「ははは、この程度でソーマ様に刃向かおうなんて片腹痛いわ！」

鬼神のごとき働きを見せる2人に苦笑しか浮かばなかった。

しかし、おかげで俺はゆっくり素材を採取することができた。

D級の雑草であるいやし草やD級木材。

そして、D級の毒草なんかも見つけることができた。

種類はちょっとずつ増えるみたいだな。

「どう？　目的の素材はあったの？」

「あぁ、これを見てくれ」

俺はラーレに毒草を見せる。

「ちょっ!?　なんてものを見せるのよ！　それって毒のある草じゃない！」

「あぁ、そうだな。ただ、それだけじゃない。これを少し調べてみたんだ。するとあることがわかった」

【名前】　毒草

【品質】　Ｄ［雑草］
【損傷度】　0/100
【必要素材】　Ｃ級魔石（1/10）
【錬金】　Ｄ級毒草（0/20）→万能薬（Ｄ級）

この毒草がどうやら万能薬を作るための素材のようだった。

ついにこれで万能薬が作れるようになったようだ。

ただ、問題になるのは品質か――。

クルシュを連れてきて採取してもらえば、もう1ランク上げることができるかも知れない。

でも、上げられたとしてもＣ級止まりか……。

Ｓ級まで上げるのはまだまだ先になりそうだな。


とにかく今は手に入れられるだけの毒草を集めておくことにする。

ただ、やはり採取スキルの差か、クルシュほど大量に集めることはできなかった。

最低限、万能薬を作ることができるほどの量だけを集め終えると、大量の魔石と共に領地へと戻ってきた。

「中々良い訓練になりました。主様、ありがとうございます」

エーファがお礼を言ってくる。

確かに全ての能力値が1だった彼女のステータスはずいぶんと上昇しているようだった。

【名前】　エーファ
【年齢】　10752
【職業】　白龍王
【レベル】　3（0/4）［ランクE］
『筋力』　1（75/100）
『魔力』　8（53/450）
『敏捷』　1（14/100）
『体力』　2（52/150）
【スキル】『威圧』1（200/1000）『龍魔法』2（53/1500）『飛翔』1（42/1000）

もう魔力の数値が8になっていた。

おそらく、能力値が下がってからずっと魔法を使っていたのだろう。

それに龍魔法の数値が上がっている。

かなり努力をしてくれたんだろうな。

この調子で続けてくれたら、あっという間に元の能力を取り戻してくれるんじゃないだろうか？

そして、アルバンだが――。

【名前】　アルバン

【年齢】36
【職業】聖騎士
【レベル】20（0/4）［ランクC］
『筋力』30（859/02050）
『魔力』11（343/600）
『敏捷』5（132/300）
『体力』24（595/1250）
【スキル】『剣術』11（655/6000）『聖魔法』4（10/2500）『木工』3（1553/2000）『威圧』6（15/3500）『剛剣』2（584/1500）

さすがにほとんど能力は上がっていないな。

この辺りはレベルが高くなると上がりにくくなる……とかもあるのだろうか？　確かに次に上がるまでの数字も増えている。

でもそれとは別に経験値の数字も上がりにくくなっている気がする。

なるほど……、能力を特化させて一気に上げるにはレベルは低い方がいいんだな。

——つまりエーファと同様にクルシュも能力を特化させたら戦闘が強くなる？　いや、戦闘系のスキルを持っていないのだからさすがに厳しいか。

でも、これからこの領地に来てくれる人がいたら、その人に関しては能力の上げ方も考慮していけばいいかもしれないな。

そのためにも個々の能力の上げ方も調べておく必要がある。

とりあえず魔力に関しては、実際に魔法を使う、もしくは使おうとする。他にも魔道書を読む……等で上げることができるのはわかった。

これは実際にエーファがしてくれている上昇方法なので間違いはない。

そして、筋力は概ね重たいものを運んだりしたときに上昇している。

これは普通に筋トレをしているのと変わりないのだろう。

そこまで考えると敏捷は走ったら上がりそうだな。

体力は……長距離走？　なんだろう……。ここで部活動をするような感じになってしまうな。

まぁ、それも仕方ないな。

上げ方は固定化しておいた方が効率が良くなっていくだろう。

次に俺は万能薬を作り始める。

ただ、あまり毒草の数がないので失敗はできるだけ減らしたいな。

【名前】　毒草
【品質】　Ｄ［雑草］
【損傷度】　0/100
【必要素材】　Ｃ級魔石（1/10）
【錬金】　Ｄ級毒草（113/20）→万能薬（Ｄ級）

『錬金を行いますか？』
↓はい
いいえ

早速錬金を始めてみる。
現れたのは、回復薬と同様に様々な液体。
これを適量で混ぜていけばいいのだが――。

ボンッ!!

やはり、一度ではうまくいかないか。
ある程度、量を調整していくしかないな。
それからも数回試して何とか万能薬を作り上げる。

【名前】　万能薬
【品質】　D［薬］
【損傷度】　0/100
【必要素材】　C級魔石（1/50）
【能力】　病気を治す［D級］

なるほど、病気を治すのが万能薬なんだな。

効果としてはランク相応に治せる幅がある……というところなのだろう。

「あらっ、それってもしかして――」

「あぁ、万能薬だ」

ラーレが尋ねてきたので、それに答えると驚きの表情を見せる。

「ほ、本当にもう万能薬を作ってくれたの⁉」

「いや、まだこれから品質を上げていく必要があるな。S級の万能薬にするためにどれだけの魔石がいることか――」

「魔石でいいのね。それならどんどん魔物を倒していきましょう！」

ようやく希望が見えてきたのか、ラーレの表情はいつにも増して明るいものに変わっていた。

「そうだな。この万能薬をC級にするのにどうやらC級魔石が50個必要みたいだが、頑張って集めていくか」

「えぇ、そうね。……えっ⁉　50個⁉」

さすがに個数が多すぎて驚きの表情を浮かべるラーレ。

「えっと、C級っていうとオークとか倒さないといけないのよ⁉　それを50個なんて――」

「S級にするためにはもっと強い魔物を倒していく必要があるんだぞ？　とにかく、今は能力を鍛えて、どんな魔物でも戦えるように鍛えていくしかないな」

「わ、わかったわ。あんたばかりに頑張らせるわけにはいかないもんね。私もとことん鍛えていくわよ」

それから俺は取ってきた素材を使い、上げられるだけ開拓度を上げておくことにした。

特に畑はD級魔石を手に入れたことで強化していくことができた。

【名前】　荒れた畑
【開拓度】　3（0/10）［農業］
【必要素材】　C級魔石（1/3）
【状況】　キュウリ（0/10）トマト（0/10）キャベツ（0/10）ニンジン（0/10）リンゴ（0/7）

初めての果物が出てきてくれた。

ただ、この数字を上げるのは少し大変で、二回開拓度を上げる必要があった。

それでも初めての果物……ということもあり、出てきた瞬間の感動は人一倍あった。

あとは実ってくれるのを待つだけだ。

そして、二つの畑を強化したあとに、クルシュが採ってきてくれた木の枝を使って破壊用の小屋を建てることもできた。そのおかげで戦力レベルも上がっていた。

【領地称号】　弱小領地
【領地レベル】　3（13/16）［庭レベル］

『戦力』　6（1/35）
『農業』　4（6/25）
『商業』　3（6/20）
『工業』　12（0/65）

工業レベルが跳ね上がっているのは単純に回復薬を大量に作ったから……だった。

既に新しく作った破壊用の小屋の中にも大量の回復薬が入れられている。

しかし、ビーンが来ないことにはその回復薬も売却することができない。

そもそも、お金をもらったとしても今のこの領地の現状だとほとんど使うこともない。

そろそろこの領地にも商店がほしいところだ。

そんなことを思っているとタイミング良くビーンがやってくる。

本当にタイミングを計っているのかも知れない。

ただ、気になるのはビーンの後ろに大柄の男と小柄な少女の２人が一緒にいたことだった。

「お久しぶりにございます。ソーマ様」

「あぁ、久しぶりだな。――それよりお前の後ろにいるのは？」

「えぇ、こちらのお二方はソーマ様の求人に応募してくださった方になります」

「えっと、ボクはユリ。こっちはバルグ。よろしくね」

にっこりと微笑んでくるユリという名の少女。

それに釣られるようにバルグという大男も頭を下げてくる。

しかし、バルグが何か話してくることはなかった。

「ははは、バルグはちょっと人と話すのが苦手なんだよ。商人のくせにね」

「……っす」

まぁ、何かしら問題がないとこの領地には来ないだろう。

それに何のトラブルもなく領民になると言っている。

あとは水晶にしっかり名前が表示されたらいいだけだ。

2人を見ながら水晶を確認する。

【名前】 ユリ
【年齢】 24
【職業】 主婦
【レベル】 1（1/4）［ランクE］
『筋力』 2（14/150）
『魔力』 1（65/100）
『敏捷』 1（14/100）
『体力』 1（21/100）
【スキル】 『料理』5（147/3000）『鼓舞』1（12/1000）『商才』4（65/2500）

【名前】 バルグ

【年齢】　26
【職業】　商人
【レベル】　3（3/4）［ランクE］
『筋力』　6（57/350）
『魔力』　1（0/100）
『敏捷』　1（47/100）
『体力』　7（36/400）
【スキル】『馬術』3（54/2000）『商才』1（0/1000）『怪力』2（24/1500）

どうやら2人ともしっかりここの領民になってくれている。

それにバルグが商人というのも間違いないようだ。

そして、戦力が2上がったから2人来てくれた、と考えて間違いなさそうだ。

ただ、念願の商人ではあるものの商才がユリの方が高いのは少し気になる。

まぁ、主婦……ということはおそらくバルグの奥さんなのだろうし、商才スキルが上がっているので一緒に商店を開いてくれるのだろう。

「あぁ、2人とも歓迎するよ。ただ、店の方がその――」

今空いている建物は物置小屋ただ一つだった。

「その……、しばらく大きくするまでは物置小屋に住んでもらうことになるけど大丈夫か？」

「もうお店がもらえるの!?　もちろん大歓迎だよ!!　やったね、バルグ」

「……っす」

バルグが軽く頭を下げてくる。

あぁ、これが一応感謝の言葉を表しているのか。

また個性的なメンバーが追加されたな……と俺は思わず苦笑を浮かべていた。

「では、私はいつものように回復薬を買い取らせていただいて……、いえ、そうですね。それも半分ほどにさせてもらいましょうか。残りはこのバルグに任せた方が良いでしょうからね」

「……っす。あり……っす」

今のが『ありがとうっす』って言ったのかな？　何を言ってるかわからない……というよりは声が小さくて聞き取れない、といった感じだな。

表情や良く耳を澄ませたら聞こえるので、聞き逃さないように注意しよう。

そして、俺はビーンに回復薬を渡した後、バルグたちを物置小屋に案内した。


「えっと、ここ……？」

ユリが確認のために聞いてくる。

まぁ、見たとおりボロ屋なので聞き返したくなる気持ちはわかる。

俺だってこんなところに住めと言われたら反論したくなるだろう。

「ま、まぁ、すぐにちゃんとした家に強化するから、それまでの仮住まい……ということで」

「見て見て、バルグ！　これがボクたちのお店だよ！」

「……（こくりっ）」

「もう、もっと喜んでよ。ようやくボクたちもお店を持つことができるんだよ。やっぱりビーンさんに紹介してもらって良かったね」

「しょ、商品……」

「うん、そうだね。これからじゃんじゃん売っていくために品数を増やしていかないとね」

ユリとバルグは嬉しそうに話し合っていた。

まぁ、本人たちが気に入っているのならそれで構わないけど、本当にいいのだろうか……。

少し不安に思いながらも、喜んでくれているなら——とそれ以上なにも言わなかった。

ただ、忘れずにクルシュに木の枝を集めてもらおうと心に決めていた。

そして、商業レベルが上がり、ついにこの領地ももう一段階レベルアップさせることができるようになる。

まだ、これから魔物を倒さないといけないが、それはエーファとアルバンがいればまず問題ない。

素早い魔物にはラーレに相手をしてもらえば問題なく勝てる。

そうなると問題になってくるのが、次はどの項目を強化していくか……だが、もうここまでくると迷う必要もないだろう。

既に現在の領地内に建てられるものは全て建てた。

これ以上は領地を広げないことには話にならない。

まぁ、建物を建てるだけなら普通に森を開拓していけばいいのだが、俺の能力の効果が届く範囲が決められている。

今だとそれが庭程度の範囲で、それ以上遠くの距離になると開拓がらみの俺の能力は使えなくなってしまう。

素材を活かした簡単な鍛冶や錬金はできるみたいだが、建物を建てるための素材を出せるのも領地の中だけ。

どちらかと言えば領地……というより開拓スキルの効果範囲――という言葉が一番わかりやすいかも知れない。

まぁ、能力で建物を建てたり、強化等ができないと今の人数だと話にならないので実質俺の領地……と見て問題ない。

ただ、今はそれが狭すぎる。

人数が増えてきた以上、そろそろ領地範囲を広げるべきだろう。

方針が決まったので早速、3人を探しに行こうと思ったそのとき、ボロ小屋の方から商店を開く準備をしていたユリの声が聞こえてくる。

「バルグ、すごい魔物を狩ってきたんだね。ワイバーンなんて滅多に狩れるものじゃないよ」

「頑張った――」

「ただ頑張っただけじゃ狩れないよ。さすがバルグだね」

相変わらず仲がいいな。

それに、Eランクだったバルグだが、彼もまたエーファみたいに数字では測れない力の持ち主のようだ。

ワイバーンと言えば、飛竜……ということだよな？　さすがにエーファほどの能力を持っていないだろうが、それでもなかなかの強敵と見て間違いないはず。

……ひょっとしてバルグも戦力として数えてもいいのだろうか？　ふとそんな気持ちを抱いてしまったが、首を振って3人を探しに向かった。

「主様、また魔物を倒せばいいのですね？」

「かしこまりました。私たちにお任せください」

恭しく頭を下げてくるアルバンとエーファ。

相変わらず頼りになるな。

そんなことを思いながら開拓度を上げるクエストを開始する。

すると、その瞬間になぜかクエストが終わってしまう。

しかも、達成で――。

「へっ⁉」

理由がわからなかった俺は思わず声を漏らしてしまう。

「どうしましたか？　我々は一体何をしたら？」

「いや、もう魔物が倒されているらしい……」

「はぁ？」

さすがにわけがわからなさすぎてもう一度よくクエストを見る。

すると討伐魔物のところにワイバーンと書かれていた。

も、もしかするとさっきバルグがもっていたワイバーンがそれだったのだろうか？　いや、あれはクエストが開始される前に倒していたはず。

ならどういうことだ？　……もしかして、このクエストで討伐対象とされる魔物はこの領地の近くにいる魔物で、先に討伐していたらクエストなしで達成できるのか？　まぁ、弱い魔物たちはかなりの数がいるだろうけど、今回のワイバーンみたいな魔物だったらそこまでの数を連れてこられるわけでもないだろうし――。

「け、結局どういうことだったんだ？」

「あ、あぁ、既に倒すべき魔物はバルグが倒してしまったようだ――」

「ば、バルグって商人がですか⁉」

「そういうことらしい」

さすがにアルバンも信じられない様子だった。

と、とりあえず目標通りにクエストが終わったんだ。

領地を広げよう。

見た目はなにも変わらないと思うが――。

そんなことを思っていたのだが、『領地を広げる』を選んだ瞬間に周りの木々が少し倒れ、たくさんの素材が並べられていた。

そして、水晶には残り時間が表示されていた。

『90：00：00：00』住宅（0/5）道(0/1)

ちょっと待て！　これはまずくないか？

ここに書かれている水晶の表示を信じるなら90日以内に家を五軒作ったうえで道を作っていかな

いといけない。

その道がどのくらいのものを作るのか、はわからないがとにかく残り時間がまずい。

今現状だと30日で家一軒作れるくらいだった。

それが倍の速度必要となるとどう頑張っても間に合わない。何か手を打たないといけないわけだ。

ただ、考える前に――。

「アルバン、すまないが建築をまた頼んでもいいか？」

「はい、もちろんでございます。それで今回はどこに建物を作ればよろしいでしょうか？」

「場所は任せる。ちょっと軒数が多くてな。五軒建ててもらわないといけないようだ。更に町の道も作らないといけないから時間がない。やりやすいように作ってくれ」

「は、はっ……。かしこまりました。ですが、さすがにそれだけの軒数となりますと私１人だと少々難しいかと――。死力を尽くしますが、力不足で申し訳ありません」

「いや、気にすることはない。それを考えるのは俺の役目だ。だからお前は俺の指示通りに動いてくれたらいいからな」

「ソーマ様……。はっ、かしこましました。このアルバン、ラーレと共に全力で建築に当たらせていただきます」

「ちょ、ちょっと待ってよ！　だからなんて私ばっかり――」

ラーレを連れてアルバンは去って行った。

作る建物は置かれている素材から『古びた小屋』であることは想像が付いた。

ラーレでも十分に作れるはずだ。

問題があるとするならばやはり人手。

しかし、この領地を広げるのは報酬なので、絶対にできないことは指示してこないはず。

そう考えると何かしらの手はあるはずだ。

人手を――。そうだ、バルグとかはどうだろうか？　怪力スキルの持ち主なので、戦力になるかも知れない。

そこまで考えた時点で俺は急いで、彼らの下へと向かっていた。

バルグはワイバーンの解体をしていた。

縛られて血抜きされているワイバーン。その側で包丁を研いでいたバルグ。そのあまりにも恐ろしい様子に一瞬身じろいでしまう。すると、バルグが俺に気づいて話しかけてくる。

「りょ……、ど……」

領主様、どうかしたのですか？　とでも聞きたかったのだろう。

そのほとんどが聞こえていないが――。

「あぁ、少し聞きたいことがあってな。ちょっと領地開拓に建築できるやつが必要になってな――」

「――わかった。連れてくる……」

バルグはそれだけ言うとワイバーンを載せて馬車でどこかに向かって走り去っていった。

えっと、俺はただバルグに手伝ってもらおうとしただけなんだが――。

バルグの後ろ姿を見ながら俺は思わず苦笑を浮かべてしまう。

するとそんな俺の後ろからユリが話しかけてくる。

「あーあ……、またバルグ、勝手に行っちゃった？」

「い、いや、俺が頼み事をしたから――」

「大丈夫、一応その頼み事は果たしてくれるよ。あぁ見えてすごく優しい人なんだから……」

ユリが頬を赤く染めていた。

「まぁ、信じるしかないか……。あと、一応聞いておくけど、ユリって建築ができたりしないか？」

「ボクにできると思う？」

腰に手を当てて荒ぶって見せるユリ。

その様子を見て、まぁ予想通りだな……と思わず苦笑を浮かべてしまう。

そして、次にバルグが戻ってきたのは1ヶ月後のことだった。

あまり順調とはいえないが、それでもアルバンはかなり頑張ってくれて建物は一軒半ほど完成していた。

でも今のペースでは間に合わない。

建物は完成するものの道を作っていくには足りないだろう。

それでもクルシュやエーファ、ユリの協力もあり、少しずつ町中の道を作っていった。

とはいえ、叩いて固めていくだけの簡易的なものだが、道自体のための素材は出てきてないので問題はないはず。

さすがにそろそろ別の手をつくことも考え始めていたそのときにバルグが戻ってくる。

「ただ……」

「おかえりー！」

嬉しそうにバルグに飛びつくユリ。それを無表情のまま抱きとめるバルグ。

ただ、俺は彼の後ろにいる人たちが気になった。

バルグ同様に体つきの良い男たちが5人。

でも、戦力レベルは前と変わらないので今はこれ以上人が増えることはないはず――。

どういうことだろうか？　俺が首を傾げるとバルグが説明してくれる。

「た、建てる……」

「えっと、ソーマが建築してくれる人を探してたから一時的に雇ってくれたんだって。ワイバーンのおかげでお金もあったから、店くれたお礼って」

「お礼なんてしなくても良かったのに……。でも、助かった、ありがとう――」

これだけ人がいれば期間内に建物も道も完成するだろう。

◇◇◇

バルグが連れてきてくれた職人たちのおかげで建物を作るペースは一気に上がり、そして、残り時間を30日も残しながら領地を広げることに成功した。

そして、領地が広くなった……らしい。まぁ、目で見えないから判断の付きようがないもんな。

でも、水晶の表示が明らかに変わっているので、間違いないのだろう。

【領地称号】　弱小領地
【領地レベル】　4（0/32）［村レベル］

『戦力』　6　(1/35)［人口］(6/15)
『農業』　4　(6/25)［畑］(2/4)
『商業』　6　(0/35)［商店］(1/6)
『工業』　12　(0/65)［鍛冶場］(1/1)

見られる数値が増えていた。

これも領地拡大した効果だろうか？　というか、最大人口が見られるようになったのは大きい。

まぁ、家が五件増えたところからもよくわかるが、住める人口が増えたもんな。

これで人口は前と同じで『戦力』レベルだけ……だったら、無駄なスペースにも程がある。

ただ、それだけ人を探さないといけないのか……。

俺は苦笑を浮かべながら手伝ってくれた男たちにお礼を言う。

「ありがとう。おかげで無事に建物を作ることができた」

「いえ、俺たちも十分すぎるほどの報酬をもらっているからな。それにこうやって一から村を作っていくのも中々楽しかったぞ」

「それならお前たちもこの領地に残ってはどうだ？　これからも色々と作るものはあるからな。手を貸してくれるとありがたい」

「そうだな……。いきなり――というわけにはいかないが、少し考えさせてもらう。それでいいか？」

「あぁ、それでいい」

全員とは言わないが、せめて数人残ってくれるとこれからの領地拡大に役立ってくれるのでありがたい。

ただ、無理にとは言えないからな。

あとは開拓度の上昇度合いと見比べて、どれを上げていくか考えないとな。

基本的に人口を増やすのは『戦力』になるので、これは最優先だ。

それを上げるには人口を増やすか建物を作るか、改修や修理すること。

もしかしたら今回作ったように道を作ったら上がる……とかもあるかもしれない。

でも、人口が増えすぎたらその分の食料が必要になる。

様子を見て『農業』レベルも上げておく必要があるな。

商業は町で買い物をしてもらえば上がっていくし、しばらくはバルグに任せるだけでいいだろう。

自動で上がるようになったわけだし。

それから俺は領地がどのくらい広がったのかを探り始めた。

それと同時に家の強化をするための素材集めをするためにクルシュに同行してもらう。

「ソーマさんと一緒に出かけるのって久しぶりですよね？」

クルシュが嬉しそうに笑みを浮かべていた。

「そういえばそうだな。最近は素材集めばかり任せていたもんな」

「私にできることがあって嬉しいんですけどね。でも、こうやって一緒に出かけられるのもやっぱり嬉しいです」

上目遣いではにかんでくるクルシュ。

久々にクルシュの能力も見てみることにした。

【名前】クルシュ
【年齢】18
【職業】メイド
【レベル】1（1/4）［ランクE］
『筋力』1（25/100）
『魔力』1（0/100）
『敏捷』1（41/100）
『体力』2（4/150）
【スキル】『採取』10（18/5500）『釣り』3（37/2000）『聖魔法』1（78/1000）

やはり採取スキルのレベルがかなり上がっている。

これなら俺がバフをかけなくてもD級の素材を集めることができるだろう。

いや、そろそろ木材もC級を集めたいな。

その辺りも含めて素材を集めていくか。

クルシュと2人、素材を集めて回る。

ただ、C級木材を取るにはまだレベルが足りていないようだ。

D級のときが、採取レベル合計10だったので、おそらくC級は20になると思われる。

残念ながら俺のバフだとまだ4しか上げられないので、もうしばらくは強化が必要になってくるな。

もしくは、以前D級魔石を取ったスライムの森の更に奥へと行くか……。

いや、戦えないクルシュにそんな危険を冒させるわけにはいかないな。

ここは地道にスキルレベルを上げていってもらおう。

それに、今回必要になるのはD級木材だ。

あとはE級木材も必要になるので、そちらは俺が拾っていこう。

そう思っていたのだが――。

「ソーマさん、見てください。こんなにたくさん、木の枝が拾えましたよ」

クルシュが嬉しそうにもってきた木の枝はE級もD級も混ざっていた。

更にごく少量ではあるが、C級すら混じっていた。

この辺りは完全に一定……というわけではないようだ。

これもスキルレベル次第……ということなのだろうか？

ただ、C級木材の割合は木の枝100本中1本程度で、家の強化を行うほどの量はそうそう集められなさそうだった。

逆にE級木材の割合は10本に1本程度。

残りはD級の木材で基本的にはD級が採れると考えて問題なさそうだ。

一方、俺が拾ったものはほぼ全てE級木材だった。

この辺りはやはり【採取】スキルの差だろうな。

――もしかするとこの割合もバフをかけたら増えるのだろうか？　試しにクルシュに対して『鼓

舞』を使う。

それからしばらくクルシュが採取してくる素材を計測してみた。

するとC級素材の割合が5本ほどに増えていた。

まぁ、これだけじゃ足りないけど、ずっと繰り返し集めていけば必要な個数は溜まってくれそうだ。


しばらくはクルシュに付き合うかな。

「これくらいでいいですか？」

「あぁ、助かったよ」

持ち運べる限界まで集めた後、俺たちは領地へと戻っていった。

それからしばらくすると領地の建物を作る手伝いをしてくれた男が家族を連れてやってきた。

さすがに全員……とはいかなかったが、二組の家族が領内に加わり、更に発展していくことになる。


ただ、そうなってくると次は予想通り食糧問題が出てきてしまう。

「やはり、農家の人は中々来てくれないか」

「えぇ、畑を持ってる人がよその土地に行く理由がありませんからね」

大工の家族を連れてきてくれたビーンに尋ねてみると、彼も難色を示していた。

「そうなると農家の次男や三男といった畑を持てない者はどうだ？」

「確かにそういった人物なら来てくれる可能性はありますけど、基本的にそういう人物は冒険者を目指すことが一般的ですからね。中々農家として……と考える人物はいませんよ」

確かに土地は有限なので、確実性のない土地を持たない農家として過ごすなら、冒険者として依頼でも引き受けている方がまだいいか。

どちらも生活は不安定だが、冒険者の依頼はなくなることがないからな。

いや、それなら冒険者ギルドをこの領地に作ればいいのではないだろうか？

「例えばだが、この領地に冒険者ギルドを作ろうとしたら、どんなことをしないといけないんだ？」

「そうですね……。作るだけならギルドに申請《しんせい》するだけで大丈夫ですよ。ただ、冒険者が来てくれるかどうかはわからないですね」

「そういう問題もあるんだな……。でも、申請だけしてくれるか？　後は俺の方で考えておくから」

「はい、かしこまりました。それにしてもずいぶん発展してきましたよね」

ビーンが感心したように言ってくる。

「そうだな。最初は1人だったもんな。それがもう10人を超えたわけだし、小さな村くらいにはなったな」

「えぇ、本当にそうですよね。そろそろ領地全体のことを考えていく必要もありそうですよね」

ビーンに言われて気づいた。

確かに今は個々の能力を考えるだけで良かったが、人が増えるともっと広い範囲を見ていく必要が出てくるわけだ。

領内の収入がどのくらいあって、出て行く分がどのくらいあるか。食料がどのくらい自給できて、よそから買う分がどのくらいか。

魔物とかに襲われたときに領地をしっかり防衛できるか。

更には回りの町の人とも交流を増やしていく必要がある。
やることはかなり多い。
そのどれもが俺１人でできるだろうか？　少し不安に思えてくる。
ただ、やるしかないわけだもんな。
気合いを入れた後、ビーンに言う。
「できれば領地経営に詳しいやつも探しておいてくれ」
「はい、そう仰ると思っていました」
にっこり微笑んでくるビーン。
まぁ、自分でできないならできるやつに任せるのは基本だよな。
いくら考えたところで俺１人にできることなんて限られているわけだからな。
あとは、俺自身今できることをしていこう。
大工が増えた以上、建物関連の強化が捗っていくはず。
今は開拓度３の木造の小屋が二軒と開拓度１の古びた小屋が六軒。
これを強化できるまで強化し尽くしていくか。
そして、１ヶ月も過ぎる頃には建物の強化を終えていた。

【名前】　木造の館
【開拓度】　４（0/25）［戦力］
【必要素材】　Ｂ級木材（0/5）

【能力】『盗難防止』1（0/1000）家に入れられたものは盗むことができなくなる。［家の鍵を閉めたとき限定］

『冷蔵庫』1（274/1000）ものを冷やすことのできる収納がある。

『水回り』2（674/02000）風呂、便所、水道が使用できるようになる。

『冷暖房』1（0/1000）快適な部屋環境になる。

【状況】新築の大きな館

ついに開拓度4の建物にすることができた。

まだ、俺たちが住む館のみだが、それでもしっかりと領主の館だってわかるようになった。

更に町にあった古小屋も全て新築の家へと変えることができていた。

そして、戦力レベルも大幅に上げることができた。

【領地レベル】4（4/32）［村レベル］
『戦力』10（1/55）［人口］（12/19）
『農業』4（6/25）［畑］（2/4）
『商業』6（17/35）［商店］（1/6）
『工業』12（0/65）［鍛冶場］（1/1）

また、この上がり方を見ると人口の増え方の法則性が読めてくる。

どうやら戦力レベルを上げると1。領地を広くすると10上がるようだ。

ただ、次の領地レベルまではまだまだ先が長そうだ……。

◇◇◇

先が長そうだと思っていた時期が俺にもあった。

領地が広くなったのだから……と建てられるところには建物を建てていき、道を整備する。

更にアルバンがさり気なく田畑を作っていってくれたこともあり、領地レベルは日に日に上がっていった。

更に人口が増えると調理器具等が必要になってくる。

それを鍛冶で作り、バルグの商店で売る。

それらを領民たちが買っていった結果、全てが巡回していき、全体的にバランス良く数値を上げることができていた。

【領地レベル】　4（14/32）［村レベル］
『戦力』12（1/75）［人口］（12/21）
『農業』　6（7/35）［畑］（4/6）
『商業』　9（0/50）［商店］（1/9）
『工業』15（0/90）［鍛冶場］（1/1）

やはり領民が増えれば数値が上がるのも一気に早くなったな。

この調子で順調に上がってくれたらいいけど――。

そんなことを思っていたのだが、中々そうはいかないようだった。

とある日、俺はアルバンから呼び出しを受けた。

「何かあったのか？」

「えぇ、ちょっと大変なことが起きましたので、ぜひソーマ様に指示を仰ぎたいと思いまして――」

大抵のことは任せたままでも進んでいく。

そんな中、わざわざ俺のことを呼びに来るということは、よほどのトラブルが起きたのだろう。

「わかった。すぐに行く！」

俺はアルバンの後を追いかける。

するとそこにはロープでぐるぐる巻きにされた4人の男たちがいた。

乱雑に生えたひげ面の男。

それぞれが剣を持ち、お世辞にも小綺麗にしているとは思えない、野蛮な人たち。

その姿を見て、ピンとくる。

「盗賊か……」

「はい、どうやらそのようです。この領地を狙ったようで――」

「わかった。少し話をしてみる」

こんな辺境の地を襲ってくる理由は何か。その辺りを聞いておく必要はあるだろう。

しかし、男たちはなにも聞かずにあっさり教えてくれる。

「くっ、どうしてこんなところにこんな強いやつらがいるんだ！」

「お前がこの辺りに隠れ家に便利そうな場所があるって言うから来たのに――」

「す、すみません。数人くらいの農民とかなら追い出せると思ったんですぅ……」

「どうせ、役人に引き渡すんだろう。さっさとしろ！　どうせ俺たちは食っていけないんだ」

どうやら何か理由がありそうだな。

「なんで食っていけないんだ？　そんな盗賊まがいのことをしているからじゃないのか？」

「好きで盗賊なんてするか！　俺たちは食えないから仕方なく盗賊をしてるんだ！」

「ふ、普通に働こうとしても門前払いをくらいますから……。こんな姿では」

確かにこの姿のまま来られたら困るだろうな。

「なるほどな。でも、それで人を襲っていたんだろう？　なら自業自得《じごうじとく》じゃないのか？」

「うっ……。た、確かに人を襲おうとしたからな。じ、自業自得か」

「……んっ？　襲おうとした？」

「あ、あぁ……、ここを拠点にして本格的に活動しようと思ったんだけど、その出鼻から挫《くじ》かれたんだ。笑うといい……」

あぁ、そういうことか。

盗賊デビューした、その最初からアルバンやエーファ、ラーレの相手をしたわけか。

それはご愁傷様《しゅうしょうさま》だ……。

いや、ちょっと待てよ。それなら俺たちが黙っていたら特に今まで盗賊として活動していないわけだし、罪に問われないってことだよな？

「お前たちは元々どんな仕事をしていたんだ？」

「り、リーダーだけ冒険者だったけど、後の俺たちは農家だった……。まぁ、土地なし農家のせいであっさりクビになって食いっぱぐれたけどな」

農家!?　なるほど、これはちょうどいいかもしれない。

「もういいでしょう。そろそろ殺してしまいますか？　盗賊ならそれで報酬がもらえますので――」

アルバンが剣を構えてくる。

しかし、それを俺が止める。

「いや、それには及ばない。こいつらが俺の指示に従順に従うなら、命までは取る必要はない」

「し、しかし、こいつらは盗賊ですよ？」

「いや、盗賊になりたいなんて考えた馬鹿なやつ……止まりだ。だからこそ、アルバンは俺を探しに来たのだろう？」

「……わかりましたか。さすがに殺すほどの罪を犯したわけでもなし。かといってなにもなしというわけにもいきません。だから困ってしまいまして――」

「それならしっかりとした監視体制の元で働いてもらうといい。アルバン、監視は任せていいか？」

「はっ、しかとこの目を光らせておきます」

アルバンが胸に手を当てて敬礼してくる。

あとはこの盗賊たちがどう返事をしてくるか……だな。

「さて、それでお前たちはどうする？　罪を反省して、この領地のために働くのなら命までは取らない。しっかりと衣食住を用意しよう。でも、刃向かうというのなら――」

「は、ははっ、寛大なお心遣いありがとうございます。誠心誠意、この身に代えても働かせていただきます」

男たちはすぐに頭を垂れて頷いてくれる。

まぁ、アルバンの監視付きだが、これで畑を増やしてもらう人間が増えたわけだ。

念のために水晶も確認しておいたが、しっかり男たちの表示が出ていた。


盗賊たち……、いや、今は農家たちだが彼らも加えて、領地の発展速度は更に上がっていた。

最初は何度もアルバンに怒られていた元盗賊たちも今では楽しげに畑を耕している。

食べるのに困って、盗賊になったやつらなのだから、食べるものさえあれば別に盗賊になる必要なんてなかったのだ。

ただ、彼らのリーダーだった男だけは畑に馴染めなかったようだ。

しかし、すぐに彼の適性も見つけることができた。

元々の彼の職業は猟師兼冒険者。

１人食べていくだけなら本来何とでもなっていたのだ。

それでも、他の人らの分まで獲物を捕れるほど凄腕ではなかったので、結局同じように盗賊に身を落とそうとしてしまったのだ。

そんな姿から他の盗賊たちに慕われていたのだろうが――。

とにかくそんなおかげで俺の領地内の食糧事情はずいぶんと改善されつつあった。

肉や野菜がしっかり採れ、すぐ近くに小川があるおかげで魚も捕れる。

しかし、それだけ素材が豊富になったことで更なる問題に襲われていた。

家族連れでやってきた大工や商人のバルグは問題ないのだが、それ以外の、主に独り身の人たちが重大な危機に瀕していた。

『料理が作れない！』焼いたり、ちょっと調味料を付けたり……といったことならできるが、これだけ食材が揃ってきた今、ちゃんとした料理が食べたくなってくる時期でもある。

しかし、素材を前にして、動きが固まり、結局焼いて終わり……となる日々が続いていた。

ただ、ついには集団で俺の下に直談判《じかだんぱん》しに来るまでになっていた。

『料理屋を……。この村にも料理屋を作ってくれ！』

いや、村じゃないぞ。ちゃんとした町だからな。

そんなことを心に思いながらも、必要な店ではあったので、俺は頷いていた。

ただ、料理屋を作るうえで問題になることがいくつかあった。

まずは料理人を実際に連れてくること。

これは募集する以外に道はないだろう。

そして、次は料理屋の建物を作ること。

今ある建物は全て所有者がいる。

新たに建物を作っていく必要がある。

そうなると改築している方の手が止まってしまう。

そこは少し悩みの種ではある。

あとはやはり領地の広さだ。

結構人が増えてきたので、俺の能力を無視して領地を広げてしまってもいいかもしれないが、効果の範囲外だと色々な問題が出てきたときに対応しにくくなってしまう。

結局地道に開拓度を上げていくしかないだろう。

【領地レベル】　4（16/32）［村レベル］
『戦力』　12（15/75）［人口］（17/21）
『農業』　8（34/45）［畑］（8/8）
『商業』　9（41/50）［商店］（1/9）
『工業』　15（0/90）［鍛冶場］（1/1）

上げられる数値はしっかり上がってきた。

最近、あまり鍛冶ができていないのが少し気になるところであるが、しばらくすると領地を広げることはできそうだ。

そうなるとどんどん人を募集していっても問題はなさそうか。

さっそく俺は知り合いに料理人がいないか聞くために商店へと向かっていった。

「……せ」

店に入るとバルグが１人でいるようだった。

そして、おそらく「いらっしゃいませ」と言ったのだろうと予測する。

「ユリはいないのか？」

料理人ならバルグよりユリの方が詳しそうだな、と思ったのだが、バルグは首を振っていた。

「で……」

「あぁ、出かけているのか……。そうだな……、バルグは料理人の知り合いとかいないか？」

「……っ」

バルグが首を横に振っていた。

どうやら知り合いはいないようだった。

まぁ、仕方ないだろうな。バルグ自身、こういった性格もあり、あまり外で食事を取るようなタイプに思えなかったから……。

「またユリ……く」

「あぁ、帰ってきたら聞いてくれるか？」

「まか……」

だいぶバルグが言いたいこともわかるようになってきた。

バルグが「任せてくれ」と言ってくれたので、後のことは彼に任せていいだろう。

これでしばらくは任せておいて大丈夫そうだな。

あと、俺がすることは——。

領地内を見回っていき、発展の度合いを確認していく。

ただ、足取りが少し重く、頭がぼんやりとしていた。

ちょっと無理をしすぎてるか？　いや、でも時間は有限だからな。

なるべく開拓度を上げられるものは上げておきたい。

それだと今できることは――。

ふらつく足取りのまま、視察を続ける。

すると、クルシュがちょうど素材採取から戻ってきてくれたところだった。

「ソーマさーん、って、どうしたんですか⁉　顔が真っ赤ですよ⁉」

手に持っていた素材をその場に落とすと慌てて俺に近づいてくる。

その瞬間に俺はフッと意識が飛んで、その場に倒れてしまった。


目が覚めるとそこは6帖ほどの狭い部屋だった。

目の前には付けっぱなしのパソコン。

どうやら、ゲームをしながら眠ってしまったようだ。

まるで現実のようなゲームだったな……。

ぼんやりとそんなことを考えながらじっくり画面を見る。

そこにはある程度育ってきた町に迫り来る強大な敵に敗れて『GAME　OVER』と表示された画面があった。

そういえば昔はストーリーを進めることを優先しすぎて、ろくに味方の能力を上げていなかったから全滅したことがあったんだよな。

……んっ？　昔？　もしかして――。

俺は頬をつねってみる。

「……痛くない」

つまり今のこれは夢……ということか。そうだよな。

向こうではしっかり感覚があったもんな。

でも、それならどうしてこんな夢を？

もしかすると、俺に忠告してくれているのだろうか？　あまりストーリーを優先して進めると酷いことになるって――。

今だとストーリーは領地の広さってことになるのだろうか？　その前に個々の能力を優先して上げる……。

そういえばエーファ以外の戦闘の能力はあまり変わっていないよな。

……よし、それなら先に能力強化を図ることにしよう。

そんなことを思っていると次第に意識が遠のいていく。

◇◇◇

「ソーマさん、ソーマさん、目を覚ましてください！」

体が揺らされる感覚を受ける。

なんだか妙に体が熱っぽくて重たい。このまま意識を落としたい気持ちになる。

しかし、そんなときに側にいたらしいエーファがとんでもない言葉を口にする。

「主様……、少しお体が熱いですね。この辺り一帯を凍らせて冷まして差し上げましょう」

「……って、俺の領地を滅ぼす気か」

まだまだぼんやりとする頭で体を起こす。

すると、クルシュが目を開き涙目を見せていた。

「そ、ソーマさんー!!　良かった、ご無事だったのですね……」

俺の胸で泣いてくるクルシュ。

「心配掛けてしまったな……。もう大丈夫だ……」

本当はまだ頭がフラフラするのだが、安心させるように言う。

しかし、そんな俺の症状はあっさり見抜かれてしまう。

「だ、ダメですよ。まだ体が熱いのですから……。しっかり休んでください」

「そうよ！　あんたに倒れられたら約束を果たしてもらえないじゃない！」

ラーレも俺のことを心配して様子を見に来てくれたようだ。

「……俺はどのくらい寝ていたんだ？」

「そうですね……。１日ほどです……」

なるほど、そこまで寝ていたらさすがに心配するわけだ。

「それは心配掛けたな。でも、本当にもう大丈夫だ。あとは休んでいたらすぐ良くなるはずだ」

「わかりました。それじゃあゆっくり休んでおいてくださいね。絶対に動いたらダメですよ。後のことは私に任せてくれたらいいので」

「そうだな。しばらくはここで鍛えてもらうだけだからゆっくりさせてもらうよ」

そう言うと体を起こそうとするが、すぐにクルシュに元へ戻されてしまう。

「ほらっ、言ってる側からお仕事をしようとして……。完全に治るまで私が代わりにします」

いや、別に仕事をするわけじゃないんだけど……。まぁ、仕方ないか。

それだけ俺のことを心配してくれているってことだもんな。

今はクルシュの言うとおりにしておこう。

◇■◇■

シュビルの町の領主が再び兵を集めていた。

理由はもちろん以前ドラゴンがいたから中断したソーマの領地攻め。

さすがにいつまでもドラゴンが一定の場所にいるとは考えられないので、そろそろ攻めても問題ないかと判断してのことだった。

「まぁ、もうドラゴンはいないと思うが、念のために偵察に出しておく必要はあるな。あと、もし隙があるなら領主をさらうくらいのことはしてもいいかもしれん。話を聞くにあまり強そうなやつではないようだ」

「ほう……、そいつを殺せばいいのですかい？」

領主は壁にもたれ掛かっている顔を隠した男に言う。

「いや、殺すな。あくまでも捕まえるだけだ。既にあの領主が教会の援護を受けて国王から承認をもらった……とかいう話も聞いた。下手に私が殺したと広まると私の立場が危うくなる」

「なんだ、つまらんな。殺す方が楽なのだが――」

「そこを何とか頼む。それができると信じてお前を雇ったんだからな」

「まぁ、金の分は働こう。弱そうなやつをさらえばいいのだな？」

「あぁ、それで頼む」

それだけ聞くと男はサッと去って行った。

◇■◇■

「えっと、無理やりソーマさんから領内の仕事を取って来ちゃいましたけど、何をしたらいいのでしょうか？」

クルシュはいつもソーマがしていたみたいに領内を見て回っていた。

ただ、そこから先が全く思いつかない。

――確かソーマさんはいつも領民の方々とお話をされていましたよね。それでえっと、水晶をのぞき込んで、色々なものを作ったり、的確な指示を出したりされていました。

そんなことが自分にできるのでしょうか？

そんな不安に襲われるが、自分がやらないとソーマさんがゆっくり休めない。気合いを入れて領民たちと会話をしていく。

「あっ、バルグさん、おはようございます」

「……す」

軽く頭を下げるとそそくさとバルグは去って行った。

――うん、へこたれない。これもいつもソーマさんが体験していることなんだから。

まともな返事が来なかったことに少し落ち込みながらも気合いを入れ直し、別の人に挨拶して回ることにする。

――これで全員挨拶して回れたでしょうか？

領内を一通り回りきったクルシュ。

ただ、この領地にいる人たちはみんな優しい人たちばかりでクルシュの手には大量の野菜が持たされていた。

なんでも、明日にはまた野菜ができているみたいなので、余って仕方ないらしいです。

でも、私もソーマさんの畑から十分すぎるほどの野菜が取れる……というのは黙っておくことにしました。

今夜は温かい野菜スープでも作りましょうか？　うまく味付けができる自信はありませんけど。

そんなことを思いながら倉庫に野菜をしまっておく。

――そういえば素材集めもしないとダメですね。

単なる木の枝が木材になるんだし、ソーマさんの能力はすごいですよね。

いつものように森の中に入って、木の枝を集めていく。

あまり遠くまで行くと魔物に襲われるかもしれない。

そんなことを思っていると、ガサゴソと草むらが揺れているのを見かける。

――ま、魔物!?

ギュッと手を握りしめる。

そして、恐る恐る草むらの方に近づいてみる。

しかし、そこには特になにもいなかった……。

「はぁ……、風でしたか……」

少しホッと息を漏らす。すると、その瞬間に後ろから口元を塞がれる。

――えっ、な、なに……？

驚いて後ろを見ようとするが、そのままクルシュは気を失っていた。

そして、辺りには今まで拾った木の枝がばらまかれるのだった。

◇■◇■

「こんな小娘が領主だったとはな」

眠らせたクルシュを腕に抱き留めている男は呆れ顔を浮かべていた。

「領主だったらこんなところに1人でいたらダメだろ。俺みたいなやつに殺されてもなにも言えないだろう」

そっと首元にナイフを近づける。しかし、すぐにそれをしまい込んでいた。

「依頼人たっての願いだ。今は殺さないでおいてやる」

とりあえず領主さえ連れていれば問題ないはずだ。男はそのままクルシュを運んでいく。

◇■◇■

しばらく眠っていたおかげでずいぶんと体調が良くなった気がする。

これもクルシュのおかげだな。ゆっくり体を起こすと体の調子を確かめる。

「よし、これならもう大丈夫だな」

ベッドから久々に離れる。

立ち上がってもふらついたり、よろけたり、といったことは起こらなかった。

「さて、それじゃあまた領地の開拓度上げにいそしむか」

そんなことを思っていると慌てた様子のラーレが部屋に入ってくる。

「た、大変よ！　ソーマ」

「……何かあったのか？」

その尋常《じんじょう》じゃない様子からトラブルがあったのだろうと察する。

そして、それが間違いじゃないことがわかった。

「クルシュがどこにも居ないのよ。いつもならもうとっくに戻ってきて、料理を作ってくれている時間でしょ？」

窓から外を見ると日が沈み始めている。

さすがに、真っ暗になったら探しようがない。

「わかった。すぐに探す……いや、ちょっとまて。盗賊たちとバルグを呼んでくれ。俺はアルバンとエーファに声を掛ける」

「わ、わかったわ」

さすがにここ最近ずっと素材採取していたクルシュが道に迷ったとは考えにくい。それに、クルシュにはあまり危険な場所まで移動させていない。ほとんど領内で、かろうじて外に出るかどうかのところで採取させていた。

つまり、魔物に襲われた可能性もないとは言えないが、ゼロに近いだろう。

そうなると考えられるのは誘拐の類いだ。そうなってくると必要になるのは戦力だ。

それにクルシュがどこに居るか探すために人手も必要になる。

そうなってくると一番頼りになるのが盗賊たちかもしれない。

そんなことを考えながら、俺もエーファたちを探しに慌てて部屋を出て行った。

◇◇◇

俺はまずエーファを呼びに来た。

大慌てで彼女の家の扉を叩く。

「なんだ……、って主様ではないですか!?　も、申し訳ありません。私、生意気な口調を――」

「いや、それは気にしていない。それよりも手を貸してくれ」

「もちろんです！　どこを滅ぼしますか？」

エーファが突然物騒なことを言ってくる。

「いや、滅ぼしたりとかはしない。ただ、詳しく説明している時間はない。後からまとめて説明するから」

「わかりました。では、行きましょう！」

エーファは頼られたことが嬉しかったようで笑みを浮かべながら、俺の後ろについてくる。

そして、俺たちは今度はアルバンに会いに来た。

ただ、アルバンはエーファよりも更に早く、簡潔に答えてくる。

「何を潰したら良いのですか？」

「——お前たちは本当に物騒だな」

「ははは、ソーマ様に逆らう異教徒でも現れたのですよね。一瞬で葬ってあげることこそが彼らのためになりますよ」

「いやいや、まだそうと決まったわけじゃない。それにその言葉だとまるで俺が信徒を集めているみたいじゃないか⁉」

「えぇ、ソーマ様は神聖武器に選ばれた、言わば神にも等しいお方。あがめ奉《たてまつ》るのは当然かと」

「そんなことあるはずないだろう⁉」

思わずため息を吐きたくなる。ただ、これ以上言っている暇もない。

「とにかく来てくれ。大急ぎだ！」

「はっ、かしこまりました」

恭しく頭を下げた後、アルバンが俺の後をついてきてくれる。

「あっ、言われたとおりにみんな集めたわよ。それでどうするの？」

俺たちの館の前ではそわそわしたラーレが待っていた。

そして、俺の姿を見た瞬間に慌てて駆け寄ってきた。

「今はとにかく探し回るしかないな。おそらく遠出はしていないはず。近場から探して回ってくれ。ただ、領内に危険な魔物とか怪しい人物とかが紛れ込んだ可能性がある。１人で回らずに複数で回ってくれ！」

俺は集まってもらった皆にそう指示を出す。

今はどこにクルシュが行ったのかわからない状態だ。ちょっとした情報でもいいので集めたい。そのための人海戦術だった。

そして、俺もラーレと一緒に周りを探し出す。

本当はエーファやアルバンが一緒についてきたそうにしていたが、２人でにらみ合って喧嘩を始めてしまったので、そんなに仲が良いのなら、とアルバンとエーファは２人で組ませることにした。

最後に恨めしそうな表情を見せていたが、俺に嫌われないために探すのを優先してくれた。

そして、俺たちも近場の草むらを探していく。すると、大量の素材が転がっているのを発見する。

「おっ、これは使えそう……って、違う違う。今はそんなところじゃない」

ついついいつもの癖で素材採取しそうになる。

しかし、大慌てでその手を止める。

「でも、こんなところに固まってるなんて変じゃないか？」

ラーレにいわれて気づく。

確かに固まって転がっているのは変だな。それこそ、今まで集めていたのでは……というような気になる。

「――どうやらここでクルシュは何かに襲われたようだ」

「……っ!?」

ラーレも周りを見渡して周囲を警戒してくれる。

――そうか、ラーレは探索スキルを持っている。それを強化すれば何かわかるかもしれないな。

それに今の状況なら――。

俺は自身のスキルを発動する。【鼓舞】と【激昂】を――。

そして、ラーレの能力値を確認する。

【名前】ラーレ
【年齢】16
【職業】探索士
【レベル】11（0/4）［ランクD］
『筋力』9+1［×2］（63/500）
『魔力』5+1［×2］（67/300）
『敏捷』20+2［×2］（23/1050）
『体力』10+1［×2］（28/550）
【スキル】『短剣術』3+1［×2］（1143/2000）『索敵』4+1［×2］（2143/2500）『気配探知』5+1［×2］（2879/3000）『隠密行動』2+1［×2］（1178/1500）『火魔法』1（75/1000）

この［×2］って部分が【激昂】で増えた数値だよな？　いくら何でも増えすぎじゃないのか？

全ての能力が倍になるってことだろう？

「……あんた、一体今何を……。いえ、それは関係ないわね。クルシュの居場所がわかったわ」

ラーレの素敵スキルや気配探知のスキルも2倍になったからか、すぐにクルシュの居場所がわかったようだ。

「どこに居るんだ？」

「ちょっと待ってて。この能力なら――」

ラーレがその姿を消したかと思うと、次の瞬間にはその腕にクルシュを抱えて戻ってくる。

「あ、あれっ、私どうして――？」

困惑するクルシュ。

当然だろう。とんでもない速度でこの場所に戻ってきたのだから――。

俺自身も信じられない表情で自慢げな表情をするラーレを見ていた。

◇■◇■

――な、何が起こったんだ⁉

クルシュを誘拐した男は日も沈み始めていたので、周りから目立ちにくい場所で休んでいた。

もちろん、クルシュからは一切目を離していない。

間違いなく、目の前にいた。

そのはずなのに瞬きをしたその一瞬の間にクルシュの姿はなくなっていた。

――もしかすると姿を消す魔法か？

男も全ての魔法を知り尽くしているわけではなかった。そういったものがあったとしても頷ける。

――それならばまだ近くにいるはずだ。

周囲に警戒を向ける。

ただ、虫の音くらいしか聞こえず、他に誰も隠れているようには思えない。

――隠密でも得意としているのか？　いや、それなら俺も負けない。

男は周りを探し始める。

ただし、そのときクルシュは既にソーマの近くまで戻っていることを彼は知るよしもなかった。

そして、男は索敵の範囲を広げていく。

すると、ようやく２人組の気配を捕らえることができた。

――２人？　つまり誰かが助けに来たのか。しかし、あの一瞬でこんなところまで。油断のならないやつだな。

こっそりと影から様子を窺う。

薄暗くなってきたこのタイミングだとはっきりと顔までは確認できないが、１人は小柄な少女。もう１人は体つきの良い大男だった。

鎧を着ているところを見ると、おそらく領主を助けに来たやつだろう。

――つまりあいつを殺してしまえば……。

男は毒が塗られた短剣を抜くと隙を窺う。

ただ、その次の瞬間に男を巻き込んで大爆発が起こっていた。

◇■◇■

「クルシュ……、無事で良かった……」

俺は無事に戻ってきたクルシュの姿を見てホッとため息を吐いていた。

「ソーマさん、ご心配をかけてしまって申し訳ありません。ラーレちゃんもありがとうございます」

「ふんっ、私はあんたが無事だったらそれでいいのよ。もう誰かに捕まるようなへまをするんじゃないわよ！」

「もちろんです。これからはなるべくラーレちゃんと一緒に行動をしますね」

「べ、別に私はあんたのことを守ったりはしないわよ。私の邪魔をする者がいたら倒すだけで――」

「はい、それで大丈夫ですよ」

にっこり微笑みかけるクルシュ。それを見て顔を真っ赤にしながら慌てふためくラーレを見て、ようやく本当の意味で一安心することができた。

しかし、クルシュの命を狙ってきた相手がまだ近くにいるのだろう。

「ラーレ、クルシュの側には誰かいたのか？」

「そういえば『誰か』はいたわね。クルシュの気配に集中しすぎて誰かまでは見てないけど」

もしかするとスキルの弊害だろうか？　一個人に注視するとより気配がわかるものの、他の意識が散漫してしまう。ちょっと厄介かもしれない。

今回みたいに敵が少数で暗躍してる場合はいいが、大人数を相手にするときは――。

ラーレのスキルについて考えていたときに突然大きな爆発が起こる。

「な、なんだ⁉」

「あっちの方よ」

ラーレが指さした先に俺たちは駆け出していく。

◇■◇■

エーファとアルバンは面倒くさそうに周囲を探し回っていた。

もちろん誰かに気づかれないように隠密行動を取る……なんてことはなく、堂々としっかり物音を立てて探し回っていた。

「なんで私がお前と一緒に見て回らないといけないんだ。本当ならソーマ様と行動を共にする予定だったのに……」

「それは私の方もだ！　ドラゴンなんかと一緒に行動するなんて。し、しかし、神の代行者たるソーマ様のご命令。このアルバン、しかとこの無理難題をこなしてみせましょう」

「……私と行動するのが無理難題とはどういうことだ？」

「人がドラゴンと行動することが無理難題と言わずになんという？」

バチバチと火花を散らし合うアルバンとエーファ。

その瞬間にカサカサと草むらが動く。しかし、２人はそれに気づくことなく争いあっていた。

「ふん、そなたなんて私の力にかかれば一瞬で消し炭《ずみ》になってしまうぞ？」

「その子どもの姿でか？」

「ならば試してやろう」

エーファは龍魔法で火炎の弾を作り出して、それをアルバンに向けて放つ。

ただ、それをアルバンはあっさりとかわしていた。

「その程度の攻撃しかできないのか？　軌道《きどう》も単純、動きも遅い。そんな攻撃が当たるとでも……」


ドゴォォォォォン!!


爆発音を背にアルバンは強めの口調で言っていた。

「ぐはっ……」

しかし、その背後からアルバンでもエーファでもない、見ず知らずの男が吹き飛ばされて、アルバンたちの前に姿を現していた。

「あっ……、殺《や》っちゃった……」

全身が焦げている男を見てエーファはぽつり呟いていた。

「いや、死んでないぞ。大丈夫だ」

どうやらエーファの龍魔法はかなり威力が落ちていたおかげで、男の命を落とすには至らなかったようだ。

「あっ、本当だ。それならサクッと殺っておく？」

「いやいや、詳しい事情を聞かないといけない。ソーマ様の指示を仰ぐべきだろう」

こんなところにいる怪しい人物。

さすがにクルシュの件とは無関係と言いがたい。

そんな事情もあり、アルバンは男のことを睨み付けていた。

◇■◇■

爆発した場所へ移動するとそこにはアルバンとエーファが誰かわからない人物を見下ろしていた。

――もしかして、誰か殺してしまったのか？　でも、誰だ？

エーファの足元にいる男は初めて見た顔つきの男だった。

「あっ、あの人です。私をさらったのは――」

クルシュが男を指さす。

つまり、この人物が誘拐犯か。なるほど……、そんな人物がいたから捕まえてくれたのだろう。

加減できないところがエーファたちらしいけど――。

「あっ、ソーマ様。お待ちしておりました」

エーファが嬉しそうに近づいてくる。

「あぁ、クルシュは無事に見つかった。手伝ってくれてありがとうな」

まずは2人を労《ねぎら》うとエーファは嬉しそうに笑みを浮かべていた。

「いえ、ソーマ様のことを思えば、このくらい余裕です。それよりもこの男、怪しかったので捕まえたのですけど――」

「たまたま近くに隠れていたのを、エーファの龍魔法で気を失っただけなのですけどね」

呆れた様子を浮かべるアルバン。ただ、俺の前に来るとしっかりと頭を下げてくる。

「どうにも怪しい男でしたので、一応こうやって逃げないように様子を見ておきました。いかがいたしましょうか?」

「一応、どうしてクルシュを誘拐したのかが聞きたい」

「かしこまりました。では、起こしましょうか?」

ニヤリと微笑むアルバン。

ただ、どうしてだろう。それがすごく輝いた笑みに見えてしまう。

「あっ、まぁ、起きるまで待つのもやぶさかではないな。だから無理に起こす必要はないぞ……」

「そうですか……。殴り起こそうとしたのですが、ソーマ様がそう仰るのでしたら」

いつの間にか握りしめていた拳を戻すアルバン。

もしかすると殴り起こすつもりだったのだろうか? さすがにそこまでするのは問題だっただろう。

アルバンの能力を考えると一撃で倒してしまう恐れすらあった。

すると、男がゆっくりと目を覚ます。

「あ、あれっ、俺は一体何が――」

その瞬間にアルバンが大剣に手を掛け、ラーレが短剣を抜く。そして、エーファが龍魔法を放つ間際で――。

「エーファ、また吹き飛ばすなよ?」

「だ、大丈夫です。ちゃんと手加減しますから。峰打ちですから……」

エーファが慌てふためきながら言ってくる。

もちろん、魔法に峰なんてあるはずがない。

呆れ顔になりながら俺はわけもわからなくてぼんやりしている男に近づいていく。

「お、俺は一体何を……。領主を探していたら突然爆発して……」

男が必死に頭を働かせて、そこで思い出す。

「そ、そうだ。あの男だ。あの男が突然俺を攻撃して……って、っ!?」

男はアルバンを見た瞬間に驚き、引きつった表情を浮かべていた。

そして、ゆっくり後ずさっていく。するとエーファの体にぶつかる。

「ひっ!?」

「んっ、なんだ？　私に殺されたいのか？」

エーファが龍魔法を放とうとする。

「ダメだぞ」

「わ、わかってますよ。冗談ですからね」

エーファは俺に向けて笑みを浮かべてくる。ただ、どう見ても冗談には見えなかったが――。

そして、男は今度はクルシュの方へと移動する。しかし、クルシュを守るようにラーレが前に出る。

「く、くそ……、これも領主の仕業か……」

「あぁ、そうだな。全ては俺の命令だ」

領主と言われたので、俺が前に出る。しかし、男は首を傾げていた。

「……誰だ、お前は？」

「俺がここの領主だが？」

「いや、領主はあそこの娘で……」

「えっと、私はソーマさんのメイド？　ですよ」

少し自分の役職に迷って、メイドと答えるクルシュ。メイドらしいことはしてもらってないけど、今のクルシュの格好とかを総合すると一番納得しやすい職業がそれだった。

「め、メイド……。ま、まさか、俺を騙すためにわざと弱そうなやつをメイドに……」

深読みをしようとする男に俺は頭を掻きながら苦笑を浮かべていた。

「それよりも一体誰に命令されてクルシュを誘拐しようとしたんだ？」

「……くくくっ、それを俺が話すとでも思ったのか？」

「あぁ、話すはずだ。もし話さないというのなら……エーファ？」

「あっ、そろそろ魔法を放ってもいいの？」

エーファの手が次第に光り輝いていき、いつでも魔法を放てる状態になっていく――。

そのエーファの光を見て、男の顔は青ざめていく。

「言う、言わせてくれ!!」

男は慌てて俺に向かって言ってくる。

それを見たエーファはどこか残念そうな表情を浮かべていた。

――なるほどな。エーファの魔法を受けて意識を失っていたのか。

俺は苦笑を浮かべた。

「それで一体誰に命を受けたんだ？」

「と、隣町の……シュビルの領主、ランデンだ――」

ラーレと同じ相手か。まぁ、ある意味予想をしていた相手だな。

俺は苦笑を浮かべるが、アルバンは唇を噛みしめて怒っていた。

「国王の認可が下りているソーマ様を襲うなんて……。それこそランデンは叛逆《はんぎゃく》の徒ではありませんか。ソーマ様、私に時間をいただけませんか？　少しシュビルの町を滅ぼしてきます故――」

「いや、争いごとは起こすな。面倒なことになる」

せっかく国王の認可をもらっているんだ。それならわざわざ俺たちが動く必要もないだろう。それに、戦力差はかなりある。

いくらアルバンやエーファが個で強いにしても群である相手に勝てるとは限らない。もし勝てたとしても無傷ではすまないだろう。極力自分の兵は減らしたくない。特に人数がいない以上――。

「では、どうされるおつもりですか？　ここまでのことをしでかしたのに無罪放免……というわけにはいかないですよ！」

「あぁ、それでアルバンに仕事を頼みたい。まずは国王に報告をするところからだろう？」

これで兵を失わなくてすむ。

そういう意味を込めて笑みを浮かべるとアルバンの方もはっとしていた。

「なるほど、かしこまりました。確かにまずはそう動くべきでした。では私はこれより急ぎ王都へ向かわせていただきます。国王を説得した後、戻ってまいりますので今しばらくお待ちください」

「あと、お前もこい！　国王に罪を問うてもらう」

「あぁ、頼んだぞ」

「わ、わかりました」

クルシュをさらった男はエーファから離れられると少しホッとしていたようだった。

「あと、エーファ。足がほしい。お前、元に戻れるか？」

「うーん、どうだろう？　でも、戻れたとしてもアルバンなんて乗せたくないよー」

「エーファ、俺からも頼んでいいか？」

「わかりました。ソーマ様の頼みなら全力でひとっ走りしてくるよー！」

エーファはアルバンの頭に乗り、領地の外を指さしていた。

「行け！　アルバン!!」

「って、お前が乗るな!!」

無理やりアルバンに引き下ろされるエーファ。

ずっと二人で組んでいたからか、ずいぶんと仲が良くなっているようだ。

2人なら無事に国王を説得して、ランデンの領主としての称号を剥奪《はくだつ》してくれるだろう。

そんな期待を浮かべていた。

しかし、それはのちほど予想外の方向で裏切られることになるとは思っていなかった。

「国王軍を動かしてもらえば、一気に町を制圧できるもんな。我らが先に動いてしまったら、下手をすると王国からの信頼も失うことになる。さすがソーマ様。そこまで考えていらっしゃるとは」

「私は難しいことはわかんないよ……？　とりあえず燃やしておけばいいの？」

「あぁ、それはあとからだ。ソーマ様の策が外れるはずないもんな」

物騒なことを考えながら誘拐犯を引きずってアルバンたちは走って行く。

そんな2人を俺は微笑ましい表情で見送っていた。

ようやく領地に安全が訪れたので俺はホッとしていた。

「その……、ごめんなさい……。私が誘拐されてしまったばかりに皆さんにはご迷惑を……」

クルシュは申し訳なさそうな表情を浮かべる。

しかし、俺は首を横に振っていた。

「いや、それをいうなら俺の責任でもある。この領地に不審な男を侵入させてしまった。こうならないように領地を強化していたのにまだまだだな……」

「そ、そんなことないですよ。ソーマさんはすごく頑張っておられます。だから、ゆっくり休んでもらおうとしたのですが――」

「体調はもう大丈夫だ。これはクルシュが休ませてくれたおかげだな」

クルシュの頭を撫でると彼女は嬉しそうに微笑んでいた。

すると、そのとき側にいたラーレが冷めた視線を送ってくる。

「あの、私、席外そうか？」

クルシュの頭を撫でていたタイミングで言われて、俺たちは顔を赤くしてお互い距離を置いていた。

「いや、その必要はない。ラーレも一緒に探してくれてありがとうな」

「ラーレちゃん、ありがとうございます」

「ふ、ふんっ、べ、別にお礼なんていらないわよ。２人とも無事で良かった。もう、こんなことしたらダメだからね」

ラーレが顔を背けながらも俺たちの心配をしてくれていたようだ。

そんな彼女の顔を見ながら俺たちは苦笑を浮かべるのだった。

# あとがき

『やりこみ好きによる領地経営～俺だけ見える『開拓度』を上げて最強領地に～』をご購入いただき、ありがとうございます。作者のスライムこと、空野進です。


まずはこの本の出版にあたり、たくさんの人にお力添えをいただき本当にありがとうございます。

こちらの作品のイラストを担当してくださったかれい様。

出版の時期が決まっており、厳しい時間の中、可能な限り私の要望を取り入れてくださり本当にありがとうございます。

こちらの作品はキャラ同士の掛け合いを楽しんでもらおうといろんな性格や見た目のキャラを登場させています。

かれい様にはそれだけ負担がかかったと思います。

それをしっかりと描き上げてくださり、感謝しかありません。

また、他にも販売店の皆様、印刷会社の皆様、BKブックスの担当様、……等のたくさんの方々の協力があり、無事に出版することができました。

一人でも欠けてしまうと本は出来上がりませんので、いつも本当に感謝しております。

そして、この本を手に取っていただけた読者様。

皆様に支えられて、こちらの一巻を書き上げることができました。
本当にありがとうございます。

こちらはゲーム要素を取り込みつつ、じっくりコツコツとやり込んでいき次第に成長していく主人公を描かせていただこうと思って始めた小説になります。

いきなり、最強になる様なチートは持たないもののじわじわと成長していき、最終的には周りの人たちと共に最強の領地へ……。
自分一人ではできないことも仲間がいればできる……という部分をえがかせてもらっています。

楽しんでいただけたのならありがたいです。

BKブックス

# やりこみ好きによる領地経営

## ～俺だけ見える『開拓度』を上げて最強領地に～

2021年2月20日　初版第一刷発行

著　者　空野《そらの》 進《すすむ》

イラストレーター　かれい

発行人　今 晴美

発行所　株式会社ぶんか社
〒102-8405　東京都千代田区一番町29-6
TEL 03-3222-5125（編集部）
TEL 03-3222-5115（出版営業部）
www.bunkasha.co.jp

装　丁　AFTERGLOW

編　集　株式会社 パルプライド

印刷所　大日本印刷株式会社



ISBN978-4-8211-4580-5

Printed in Japan